少年、私の弟子になってよ。3

~最弱無能な俺、聖剣学園で最強を目指す~

Hey boy, will you be my apprentice?

著◆七菜なな　イラスト◆さいね

「さすがは私の見込んだ少年だ！」
日本トーナメント
出場権獲得！

「無能よ。貴方は、その聖剣〝無明〟の継承者としてふさわしくありません」
剣星二十一輝《オールブライト》
オリヴィア・チェルシー、
襲来。

Hey boy, will you be my apprentice?

CONTENTS

少年、私の弟子になってよ。
3
~最弱無能な俺、聖剣学園で最強を目指す~
Hey boy, will you be my apprentice?
著◆七菜なな　イラスト◆さいね

プロローグ　とある復讐者のモノローグ

Hey boy, will you be my apprentice?

天に輝《かがや》く巨星《きょせい》が燃え落ちる瞬間《しゅんかん》、果たして地上を這《は》うヒトに何ができるというのか。

7年前。
世界の常識が変わった日。

世界グランプリ、最終戦《ファイナル》。
ラディ姉様が、初めて頂きに立った日のことだ。

最年少、15才での出場。
それだけでも快挙なのに、ラディ姉様の快進撃《かいしんげき》は続いていた。
世界の頂きに迫《せま》る猛者《もさ》たちを、次々に打《う》ち倒《たお》していった。

世界中の観客が、ラディ姉様に熱狂《ねっきょう》していた。

無敗の伝説は、ここに確固たる地位を築きつつあった。

最終戦《ファイナル》は、クラブチーム総出で応援《おうえん》へと向かった。

わたくしも、チームメイトと共に日本を訪《おとず》れていたのだ。


ラディ姉様が頂きへ立つ瞬間《しゅんかん》を、この目に焼き付けるために。

新しい伝説の生き証人となるために。


競技が始まる直前。

ラディ姉様は、チームのジュニア生たちと交流する時間を取ってくれた。

わたくしは特に可愛《かわい》がられていて、ラディ姉様の膝《ひざ》に乗って興奮しながら言った。

「ラディ姉様！　絶対に勝ってくださいね！」

「もちろんだよ。オリヴィアにこの勝利を捧《ささ》げよう」

ラディ姉様は、普段《ふだん》通りだった。

世界の頂点を決する戦いに、気負った様子は微塵《みじん》もなかった。

ただ強く。

気高く。

そんなラディ姉様は、わたくしの誇《ほこ》りだった。

出場ゲートに向かうラディ姉様は、音符《おんぷ》を模したイヤリングを口に咥《くわ》え、わたくしを指さした。


「——〝Let's your Lux《きみの輝きのままに》〟」

世界中の誰《だれ》もが、ラディ姉様の勝利を疑っていなかった。

しかし——。

前シーズンの覇者《はしゃ》・王道楽土《おうどうらくど》は、強かった。

炎龍《えんりゅう》とも比喩《ひゆ》される最強の剣星《けんせい》。

非公式の競技を含《ふく》め、ラディ姉様と対峙《たいじ》するのは初めてのことだった。

現代で最高の攻撃力《こうげき》を誇《ほこ》る聖剣《せいけん》〝烈火《れつか》〟。
まるで竜巻《たつまき》のように暴れ回る火柱に、ラディ姉様の飛剣《ひけん》は次々と打ち落とされていく。
わたくしはそれを、観客席の最前列で見つめていた。
『ラディアータが無敗を誇《ほこ》っていた理由は、王道楽土《おうどうらくど》と当たらなかった幸運だ』
そんな空気が、スタジアムを包み始めていた。
わたくしは唇《くちびる》を噛《か》みながら、泣きそうになるのを堪《こら》えていた。
タイムアウトを取ると、ラディ姉様が入場ゲートへと近づいてくる。

──そのとき、わたくしと目が合った。

ラディ姉様が、これまで見たことのない苦しげな表情を浮《う》かべた。
そして顔を伏せ、逃《に》げるように入場ゲートへと消えていった。
わたくしは、慌《あわ》てて関係者通路へと向かう。
(ラディ姉様を、元気づけなきゃ！)
ただ一心に、それだけを胸に走った。

やがてたどり着いた通路の先──。

ラディ姉様が泣いていた。

これまで見たことないような剣幕《けんまく》で、マネージャーと怒鳴《どな》り合っている。

「何が同じ剣星《けんせい》だから大丈夫《だいじょうぶ》よ、だ！　あんなの化け物じゃないか！」

「キッズみたいな我儘《わがまま》を言ってるんじゃないの！　ファンになんて説明するつもりなの⁉」

「それはあんたの都合だろ⁉　そもそも、私はこんな場所に来たくなかった！」

その言い合いを前に、わたくしはとっさに物陰《ものかげ》に隠《かく》れてしまった。

いつも優《やさ》しく、落ち着いた態度で可愛《かわい》がってくれるラディ姉様。

そのラディ姉様が、子どものように泣きわめく姿に、完全に怯《おび》えていたのだ。

（何か言わなきゃ……）

（何を言えばいいの……？）

（いつもと違《ちが》うラディ姉様……怖《こわ》い……）

身体《からだ》が震《ふる》え、嫌《いや》な汗《あせ》が噴《ふ》き出《だ》していた。

敬愛するお姉様の危機に、何もできない臆病《おくびょう》な自分に絶望していた。

恐怖《きょうふ》に圧《お》し潰《つぶ》されそうになって、気が遠くなりかけたとき――。

『ラディアータは勝てるよ！』

その声は。

静かな水面に落ちるしずくのように、わたくしの停止した思考を揺《ゆ》らした。

顔を上げた。

そこに、日本人の少年が立っていた。

黒髪《くろかみ》の素朴《そぼく》な顔立ちだった。

まだ聖剣《せいけん》も宿っていないような歳《とし》だろう。

おそらく試合観戦に訪《おとず》れたのだろうが……どうしてここに？

いや、そんなことよりも。

なぜあの少年は、ラディ姉様の前に立っているのだろう。

あんなに怖《こわ》いラディ姉様を前にして、どうして堂々と声を張り上げているのだろうか。

『僕も大きくなったら、ラディアータみたいな聖剣士《せいけんし》になりたい！　世界で一番強くてカッコイイ聖剣士《せいけんし》だ！　そしてラディアータにも勝って、みんなをびっくりさせるんだ！』

日本語など知らなかった。

何を言っているのかは、当然わからない。

でも……。

必死でラディ姉様を励《はげ》まそうとしているのはわかった。

ばかばかしい。

ラディ姉様のことを……そのたゆまぬ努力を知らない少年に、ラディ姉様の何がわかるというのだ。

そう思っていたのに――。

「私に勝つの？　きみが？」

ラディ姉様は、穏《おだ》やかに微笑《ほほえ》んでいた。

その少年の手を取り、まるで憑《つ》き物《もの》が落ちたように晴れ晴れとした表情で言う。

「いいよ。今日から私たちは好敵手《ライバル》だ。きみが大きくなったら、一緒《いっしょ》に世界で戦おう」

入場ゲートに向かった。

音符《おんぷ》を模したイヤリングを口に咥《くわ》え、その少年を指さす。

「それまで、私は頂きで待ってる。――〝Let's your Lux《きみの輝きのままに》〟」

そしてラディ姉様は――。

歴史的な逆転劇をもって世界最強の剣星《けんせい》へと駆《か》け上《あ》がったのだ。

7年前。

世界の常識が変わった日。

誰《だれ》も知らない、ラディ姉様の小さな秘密。

わたくしだけが、その少年の背中を覚えている。

I　阿頼耶識

Hey boy, will you be my apprentice?

年が明けた。

高校1年の冬休みに帰省していた識《しき》は、自室で休暇中の宿題を粛々《しゅくしゅく》と進めていた。

さすがに年末年始はゆったりと過ごす……というか、聖剣演武《せいけんえんぶ》のレッスンばかりでまったく進んでいない課題の消化に時間が充《あ》てられている。

何より今はレッスンに身が入らない理由があるのだ。

そこに、慌《あわ》ただしい足音が近づいてくる。

当然のようにノックもしないまま、乱暴にドアが開いた。

ラディアータ・ウィッシュ。

北米出身、齢《よわい》二十二。

神秘的に真っ白い肌《はだ》。鮮《あざ》やかな翡翠《ひすい》色の瞳《ひとみ》。淡《あわ》く色づく唇《くちびる》。

世界を魅了《みりょう》する抜群《ばつぐん》のスタイルは、すっかり師匠《ししょう》が板についた今でも維持《いじ》されている。

人類すべてに聖剣《せいけん》が宿る時代において、間違《まちが》いなく世界で最も名の通った聖剣士《せいけんし》。

ついでに世界最高の美女としても有名であった。

識《しき》の師匠《ししょう》として、共に聖剣《せいけん》学園で過ごすようになって半年。

今は識《しき》と共に、彼の実家に厄介《やっかい》になっている。

そんなラディアータは頬《ほお》を紅潮させて、興奮気味に叫《さけ》んだ。

「少年！　きたよ！」

「……っ！」

識《しき》は立ち上がった。

慌《あわ》ててラディアータのほうに向かうと、手を差し出した。

「見せてください！」

「もちろん！」

そして手のひらに置かれたのは——。


年賀状であった。


識《しき》はその束を受け取ると、一番上の1枚をめくってみる。

ラディアータの肖像画《しょうぞうが》が満載《まんさい》の、非常に目に喧《やかま》しい新年の挨拶《あいさつ》が描《えが》かれていた。

差出人は、同級生である百花《ひゃっか》ピノである。

「……ラディアータ。これじゃないです」

ラディアータはハッとすると、慌《あわ》ててポケットから何かを取り出した。

一通の封筒《ふうとう》であった。

識《しき》が通う聖剣《せいけん》学園から転送されてきたようだ。

世界聖剣《せいけん》協会・日本リーグ管理局の印が押されている。

改めて受け取ろうとすると、なぜかラディアータが手のひらを向けた。

「少年！　慌《あわ》てないで！　こういうときは、まず深呼吸だ！」

「あの、ラディアータが落ち着いて……」

「よし一緒《いっしょ》にやろう！　ひっひっふー、ひっひっふーっ！」

「それは違《ちが》いますね……」

「わかる、わかるよ！　私も初めて貰《もら》ったときは、さすがに緊張《きんちょう》……いやしてないな。とにかく、落ち着いてほしい！　少年は心を強く持って！　これまでのきみの努力を、神は見てくれている！　それじゃあ、まずは落ち着くためにヨガをしようじゃないか！　宇宙の神秘を身体《からだ》に宿すんだ！　昔、剣星《けんせい》の友だちにやり方を教わって……」

「ラディアータ。いいから開けましょう……」

識《しき》はうんざりしながら言った。

ラディアータは再びハッとすると、気まずそうにコホンと咳《せき》をする。

「……いけないね。自分のときより緊張《きんちょう》している」

「ラディアータの新しい一面を見た気がします」

識《しき》は苦笑《くしょう》しながら、その封筒《ふうとう》を開けてみる。

折《お》り畳《たた》まれた書類を取り出そうとすると、ラディアータが顔を近づけてくる。

「少年、書類が厚いよ！　つまり……」

「ラディアータ！　本気で落ち着いてください！」

識《しき》に叱《しか》られて、ラディアータがしょんぼりした。

「私、師匠《ししょう》なのに……」

「すみません。俺も結果が気になるので……」

識《しき》はごくりと喉《のど》を鳴らすと、その書類を広げた。

ラディアータと2人で、声に出して読み上げる。

『──阿頼耶《あらや》識殿《しきどの》。慎重《しんちょう》なる審議《しんぎ》の結果、貴殿《きでん》を今年の日本リーグへ招集《しょうしゅう》いたします』

識《しき》は顔を輝《かがや》かせた。

そして愛する師のほうを向くと──。

「ラディ……」

「やったああっ!!」

ドーンッと熱烈《ねつれつ》なハグ……もとい突撃《とつげき》を食らい、識《しき》はベッドに押し倒された。

そして興奮気味のラディアータから、頭をわしゃわしゃと撫《な》でまわされる。

「さすがは私の見込んだ少年だ！　本当に、きみは素晴《すば》らしいよ！」

「ど、どうもありがとうございます……」

ラディアータのテンションが高すぎて、逆に冷静になる識《しき》であった。

しかし喜びは隠《かく》し切れない様子で、ぐっと拳《こぶし》を握《にぎ》り締《し》める。

（とうとう、ここまできた……）

春の日本トーナメント。

世界四大大会への出場権を獲得《かくとく》するための、国内最大のトーナメント戦。

プロもアマチュアも、肩書《かたがき》など関係のない実力勝負の世界。

この大会で上位に到達《とうたつ》することが、世界グランプリへの最初の一歩となる。

（1年ちょっと前までは、こんな未来は想像できなかった……）

ラディアータとの再会。

そして聖剣《せいけん》学園での経験を糧《かて》に、この場所までくることができた。

それは識《しき》にとって、世界グランプリという目標以上の意味があった。

（あと少しで……）

ラディアータとの約束が果たされる。

『一緒《いっしょ》に世界で戦おう』

それだけを胸に、ここまできたのだ。

（誰《だれ》が相手だろうと、絶対に勝つ！）

……と格好よく決めていると、覆《おお》いかぶさるラディアータが、なぜか識《しき》の襟《えり》に手を伸《の》ばした。

そしてボタンを、一つ一つ丁寧《ていねい》に外していく……。

「あの、ラディアータ？」

「フフッ。まさか本当に1年でこんなところまできちゃうなんて……。本当に、少年は私を蕩《とろ》かせてくれるね」

「ど、どうして俺の服を脱《ぬ》がそうとするんですか……？」

「そんなの決まってるじゃないか」

妖《あや》しい笑《え》みを浮《う》かべながら、ラディアータが耳元で甘く囁《ささや》いた。

「可愛《かわい》い弟子《でし》に、とっておきのご褒美をあげないとね？」

「…………」

さっきとは別の意味で、識《しき》の喉《のど》がごくりと鳴った。

——同時刻。

マンションの一室。阿頼耶《あらや》家《け》の玄関《げんかん》の前に、一つ下の幼馴染《おさななじみ》——乙女《おとめ》が立っていた。

可愛《かわい》らしい着物姿で、識《しき》を初詣《はつもうで》に誘《さそ》おうという腹積もりである。

しかし困ったことに、さっきからチャイムを鳴らしても反応がないのだ。

「あれー？　識兄《しき》さん、今日は家にいるって言ってたのになあ。おばさんたちと初売りに行っちゃったのかなあ」

事前に約束はしていなかった。

着物姿のサプライズで驚《おどろ》かせようとしたのが裏目に出たか。

そう思いながら、ごく自然な仕草で財布《さいふ》から合鍵《あいかぎ》を取り出した。

玄関《げんかん》のドアを開け、スタスタとリビングへ向かう。

静かだ。

やはり誰《だれ》もいないのか……と、踵《きびす》を返《かえ》した乙女《おとめ》は、しかし立ち止まった。

（……この感覚は）

恋《こい》する少女は、敏感《びんかん》に痴女《ちじょ》の気配を感じ取った。

そろりそろりと足音を殺しながら、識《しき》の部屋へと向かう。

そしてドアにぴたりと耳をくっつけ、小さな物音を拾っていった。

「……本当に……俺に……これが入るとは……さすがに俺……大きいし……」

「ああ……私の……全部……きみだけの……大丈夫《だいじょうぶ》だ……入れて……そう、上手だよ……」

少し荒《あら》い吐《と》息《いき》と共に聞こえる言葉の端々《はしばし》。

乙女《おとめ》はピーンと察した。

これは——年の差師弟《してい》のいけない姫《ひめ》始めに違《ちが》いない！

識《しき》が常日頃《つねひごろ》から「乙女《おとめ》はピノと気が合いそうだなあ」とか思っている通り、基本的な思考回路は同レベルである。

乙女《おとめ》は気配を殺し、ドアを開けて隙間《すきま》から覗《のぞ》き込んだ。

大好きな年上の幼馴染《おさななじみ》が、悪い痴女《ちじょ》に喰《く》われているかもしれない……ということに気持ちははやりつつ、リアルな体験には興味津々《きょうみしんしん》であった。お年頃《としごろ》なのである。

（そう、これは見取り稽古《けいこ》だから！　いつか識《しき》兄さんと結ばれるときのための予行練習だからね！）

そうやって自分を正当化し、ちょっとドキドキしながら様子を窺《うかが》う。

室内に広がっていた光景は——。

なんか識《しき》が、ラディアータの聖剣演武《せいけんえんぶ》の衣装《いしょう》を着て興奮していた。

「これ、最初の世界グランプリのときの衣装《いしょう》ですよね⁉　本物ですか⁉」

「そうだよ。私が初戦で着たものだ」

「でも、なんで俺にぴったりなんですか？　さすがに俺のほうが大きいはずなのに……」

「きみの身体《からだ》に合わせて仕立て直してもらったんだ。きみが世界大会に出場するときに着てもらおうと思ってね」

「これを本当に頂いていいんですか？」

「もちろんさ。さすがに私も着れないし、コレクションしておく理由もないからね。きみが大切にしてくれると嬉《うれ》しいよ」

「ありがとうございます！」

明らかにレディスコーディネートの衣装《いしょう》を着て、珍《めずら》しく頬《ほお》を紅潮させて喜ぶ識《しき》。

満足そうにウンウンと頷《うなず》くラディアータ。

それを眺《なが》めながら……。

「…………」

判断に困る乙女《おとめ》であった。

眉間《みけん》に深いしわを寄せ、ものすごく苦しそうな表情で考え込む。

恐《おそ》ろしく酸《す》っぱい梅干を頬張《ほおば》っているかのようだった。

一般的に、異性の私服を欲《ほ》しがる行為《こうい》はまあまあ危《あや》うい。

それにラディアータの衣装《いしょう》ということは、かなり女性的なラインが目立つものだ。

正直なところ……乙女《おとめ》としてはあまり見たくない姿であった。

しかしこいつは識《しき》である。

基本的に肝《きも》が据《す》わっているというか、それほど他人の評価を気にしない。

その上、ラディアータが世界的スターであるという事実を鑑《かんが》みて、コレクター精神とカテゴライズすれば、おそらく、ギリギリ、瀬戸際《せとぎわ》で、許容できる範囲《はんい》内だろうか……。

(～～～～～ま、いっか！)

結果、飲み込んだ。

不都合な現実を「だって識《しき》兄さんだし！」ですべて片付けようという試みであった。

そして一息ついた乙女《おとめ》は、改めて初詣《はつもうで》に誘《さそ》おうとドアノブに手をかけ――。

「少年。今なら特別サービスで当時の下着もつけてあげるよ。マネージャーがいつかオークションに流そうと思って衣装《いしょう》ケースの奥にまとめて仕舞《しま》い込んでいたらしい。まったく困ったものだね」

「いいんですか⁉」

いいわけないのであった。

乙女《おとめ》は戦慄《せんりつ》した。

この男、すっかりラディアータに毒されて一般《いっぱん》常識を失っている。

確かに普段《ふだん》から下着姿でうろつくような女であった。そんなのと四六時中、一緒《いっしょ》にいればこの手の感覚が麻痺《まひ》してもおかしくはないが。

乙女《おとめ》の身体《からだ》が、思考の前に動いていた。

その手に細身な諸刃《もろは》の聖剣《せいけん》を顕現《けんげん》すると、ドアを蹴《け》り破る。

「痴女《ちじょ》、矯正《きょうせい》!!」

「乙女《おとめ》!?」

すべての責任をラディアータに擦《なす》り付《つ》け、乙女《おとめ》は今年も一個上の幼馴染《おさななじみ》のために奮闘《ふんとう》するのであった。

⚔⚔⚔

三学期に入る前日。

識《しき》とラディアータは、学《まな》び舎《や》へと戻《もど》った。

聖剣《せいけん》学園第三高等学校――縮めて聖三《せいさん》。

九州は別府に位置する、国内で三校のみの聖剣学園《せいけん》の一つ。

巨大《きょだい》な山々を切り開いて建設された要塞《ようさい》のようなシルエットは、すでに地元の象徴《しょうちょう》となっている。

その校門をくぐると、待ってましたとばかりに在校生たちがラディアータに群がった。

この光景を見ると「聖剣《せいけん》学園帰ってきたなあ」みたいなほのぼのした気分になる。

「ラディアータ！　俺は生徒会室に呼ばれていますので！」

「うん。それじゃあ、また後でね」

にこやかにファンサービスを行うラディアータと別れて、1人で男子寮《りょう》へと荷物を下ろしに向かった。

その途中《とちゅう》、後ろから肩《かた》をポンと叩《たた》かれる。

百花《ひゃっか》ピノ。

ふんわりとしたミドルボブが可愛《かわい》らしい、快活な女子である。

この聖三《せいさん》の1年生、識《しき》と同じAクラスに在籍《ざいせき》していた。

「あけおめーっ。アラヤっち、やっと戻《もど》りー？」

「ピノ、あけましておめでとう」

ピノと並んで、男子寮《りょう》へと向かった。

「ピノもこの後、生徒会室だよな？」

「うん。どうせだから、ビリビリボーイたちと一緒《いっしょ》に行こっかなーって思ってさー」

「なるほど。それなら、俺も一緒《いっしょ》に行くよ」

男子寮《りょう》の自室に荷物を置き、隣《となり》の部屋のドアを叩《たた》いた。

「比隣《ひりん》。まだいるか？」

すると、間髪《かんはつ》入れずにドアが開いた。

「オラ！　バカヤシキ、帰ったなら勝負しやがれ！」

目つきの悪い赤髪《あかがみ》の少年が、ほとんど怒鳴《どな》りながら食《く》って掛《か》かる。

天涯比隣《てんがいひりん》。

後ろで一つに結んだ真っ赤な髪《かみ》が特徴《とくちょう》的な男子。

入学試験から、何かと識《しき》を目の敵にする。

最近は「バカヤシキ勝負しやがれ！」と突《つ》っかかるのがトレンドであった。

「比隣《ひりん》、その前に生徒会室に行かなきゃいけないだろ」

「はあ!?　てめえ、逃《に》げんじゃねーぞ！」

「模擬《もぎ》戦ならその後でいいだろ……」

すると比隣《ひりん》、どや顔で宣言する。

「オレ様の新しい超《ちょう》必殺技《わざ》で、今度こそぶった斬《ぎ》ってやるからよ！」

「超《ちょう》必殺技《わざ》……」

男子小学生レベルの語彙力《ごい》に、識《しき》たちは微妙《びみょう》な気分であった。

すると、廊下《ろうか》の向こうから4人めの声が聞こえる。

「このスカタン、自分の雷《かみなり》浴びすぎて知能指数が下がってるんじゃないッスか？」

「あ、唯我《ゆいが》も一緒《いっしょ》に行くか？」

「ッス。あそこの生徒会、賑《にぎ》やかすぎて1人で行くのだりいさあ」

王道唯我《おうどうゆいが》。

日本最強の聖剣士《せいけんし》・王道楽土《おうどうらくど》の第三子。同じく学園の1年生。

識《しき》たちと同じくAクラスで、このメンバーでよく行動を共にする。

今日もヘラヘラと、3人に合流する。

そして比隣《ひりん》をなだめながら、生徒会室へと向かった。

✕✕✕

第一校舎にある生徒会室。
例によって長期休暇《きゆうか》の余波で足の踏《ふ》み場もない有様である。
その『生徒会長』のプレートが置かれた書斎《しょさい》机に、この学園の生徒会副会長――江雲心愛《こううんここあ》が
ふんぞり返っていた。

小麦肌《はだ》の小柄《こがら》な女子生徒。

髪《かみ》を左右で大きくまとめて、ポンポンのようにしている。

釣《つ》り目に八重歯が覗《のぞ》き、何やら狂暴《きょうぼう》そうな雰囲気《ふんいき》が漂《ただよ》っていた。

この学園の3年生にして、不在の会長の代わりに学園生を統括《とうかつ》する立場にある。

その心愛《ここあ》はタブレットの文書に目を通しながら、識《しき》たち4人へ言った。

「昨夜、今年の日本トーナメントの招集《しょうしゅう》メンバーが一般《いっぱん》にも公表された。この聖三《せいさん》の学生推薦《すいせん》枠《わく》は、てめーら5人。うまいこと全員が通ったが、本番はここからだ。何度も言ってるが、てめーらの成績が来年の聖三《せいさん》の評価に直結する。絶対に恥《はじ》を晒《さら》すんじゃねーぞ」

「……はい」

識《しき》たちは微妙《びみょう》に締《し》まらない返事だった。

なぜなら心愛《ここあ》の言った人数と、集まった人数が違《ちが》ったからだ。

心愛《ここあ》が眉間《みけん》にしわを寄せて、ガアッと吠《ほ》えた。

「泰然飛鳥《たいぜんあすか》のやつは、またサボりか⁉」

「飛鳥《あすか》っち、自由人だからなー」

まさかこの大事なミーティングすらサボられるとは思わなかったようで、さすがの心愛《ここあ》も動《どう》揺《よう》を隠《かく》せなかった。

「あいつ、マジで聖剣演武《せいけんえんぶ》やる気あんのか⁉」

「競技には真剣《しんけん》なんですけど……」

「くそが！　入学推薦《すいせん》一位の特権、とっくに無効になってんのわかってんだろーなっ⁉」

むしろ三か月前の三校交流会・決戦セレモニー。

よくもまあ彼女が参加を承諾《しようだく》したものだ、というのが1年生たちの共通見解であった。

心愛《ここあ》は肩《かた》を怒《いか》らせながら、はあっと大きなため息をつく。

「まあ、いい。とにかく、てめーら……」

一転して、真面目な表情で告げた。

「日本トーナメント、絶対に2位を獲ってこい」

「…………」

先ほどよりも微妙《びみよう》な空気が流れる。

ピノがため息をつくと、両方の目尻《めじり》を人差し指で引っ張りながら言った。

「らしくないじゃーん。ふくかいちょーなら、『優勝をかっ攫《さら》ってこいガハハ』とか言うと思ったのにさー」

「おいコラ。その顔真似《まね》は、まさかわーのことじゃあねえだろーな？」

ブツブツ文句を言いながら、心愛《ここあ》はタブレットでニュース記事を表示した。

「……しゃあねーだろ。こんなもん見せられちゃ、さすがにそれ以上は望めねーよ」

昨夜の招集《しようしゆう》メンバー公表に伴《とも》い、日本中を駆《か》け巡《めぐ》った特報。

『剣星《けんせい》二十一位、オリヴィア・チェルシー。

英国リーグより、日本リーグに電撃移籍《でんげきいせき》。

それに伴《ともな》い、世界四大大会への永久シード権をはく奪《だつ》。

結果、剣星《けんせい》の日本トーナメント参加が決定！』


世界的スポーツ、聖剣演武《せいけんえんぶ》。

その最高峰《さいこうほう》たる『剣星二十一輝《オールブライト》』。

その１人が、識《しき》たちと同じ大会へ出場することが報じられたものである。

これに関しては識《しき》たちもすでに知っており、大きな動揺《どうよう》は見られなかった。

心愛《ここあ》は現状、最も可能性の高い未来を告げる。

「今年の日本トーナメントは、実質的にどこでオリ、ヴィ、ア、と、当、た、る、か、って勝負になる。あいつと反対側のブロックに入ったやつが、死ぬ気で決勝までコマを進めろ」

「…………」

「欲を言えば、オリヴィアに善戦して死ね」

「……………………」

なんとも前向きに後ろ向きな発言であった。

しかしその言葉が、いかに覆《くつがえ》しがたいかも察していた。

言ってしまえば、世界への切符《きっぷ》を手にできるかはくじ運次第《しだい》。

微妙《びみょう》な沈黙《ちんもく》が流れる中——その重大性をイマイチ察していないのは比隣《ひりん》であった。

ハッと笑い声を上げると、不遜《ふそん》に告げる。

「オイオイ、何をビビってんだよ。そのオリヴィアってやつ、剣星《けんせい》でも最下位なんだろ？　運よく名前を連ねてるだけのやつ、オレ様がぶった斬《ぎ》ってやるよ」

「………」

さすがというか、何というか。

この状況《じょうきょう》でも平常運転を続けるあたり、やはり馬鹿か大物のどちらかであろう。

呆《あき》れるように言ったのは、唯我《ゆいが》であった。

「ハア。前大会のオリヴィアの一回戦の相手、誰《だれ》なのか知らないんスか？」

「はあ？　んなもん知らねえよ」

比隣《ひりん》は吐《は》き捨《す》てるように答える。

それに回答を告げたのは、ピノであった。

「ラディ様だよ」

「………」

ぴくっと口元が引きつった。

心愛《ここあ》はやれやれと肩《かた》をすくめる。

「前回の世界グランプリ、オリヴィアはくじ運が最悪だった。若手ながら実力もあるし、ラディアータが相手じゃなきゃもっと上に行っただろうなー。わーの見立てでは、8位以内も狙《ねら》える勢いはあった」

カラカラと笑いながら、命知らずな比隣《ひりん》へと続けた。

「今年は、さらに強くなってんぜ。それに現状のおめーらが勝てるのか？」

「……チッ」

さすがの比隣《ひりん》も黙《だま》ってしまった。

そして全員の視線は、自然と沈黙《ちんもく》を貫《つらぬ》く識《しき》へと集まる。

識《しき》が狼狽《うろた》えた。

「な、なんでしょうか……」

「いやー？　モテる男は大変だなーって思ってなー」

心愛《ここあ》の茶化しに、識《しき》は微妙《びみょう》な顔で答えた。

「どういう意味ですか……」

引《ひ》き継《つ》いだのは、ピノであった。

いつもの丸い伊達《だて》眼鏡を胸ポケットから取り出すと、どや顔で聖剣士《せいけんし》データベースを披露《ひろう》する。

「オリヴィア・チェルシー。イギリス出身の若手聖剣士《せいけんし》。15歳でシニアデビュー、その3年後には剣星《けんせい》として世界グランプリに出場。ラディ様に次ぐ年少記録の保持者で、その愛らしい容姿も相まって世界的な人気を誇《ほこ》る。ラディ様が引退した今では『ポスト・ラディアータ』と言われ、名実ともに未来の聖剣《せいけん》界を担《にな》う逸材《いつざい》――」

伊達《だて》眼鏡がキランッと輝《かがや》いた。

「そして、ここからが重要だよなー。ジュニアリーグの頃《ころ》は、ラディ様と同じクラブチームに所属。公私共に親しい間柄《あいだがら》で、メディアの前でも『お姉様』なんて呼んでる姿が見られてたらしいじゃん。オリヴィアがプロになると、よきライバルとして互いに研鑽《けんさん》を積む関係に。……となると、今回の電撃移籍《でんげきいせき》の真相は！」

そして唯我《ゆいが》が、にやにやしながら結論を述べる。

「間違《まちが》いなく、ラディアータに可愛《かわい》がられてる識《しき》くんが目的ッスねえ」

「ぐっ……」

オリヴィア本人からは、何も語られてはいない。

しかし識《しき》に否定の材料はなかった。

メディアも同じような推測をしており、今朝からSNSでは似たような言葉が飛《と》び交《か》っていた。

比隣《ひりん》が憎《にく》まれ口《ぐち》を叩《たた》く。

「バカヤシキ。周りに変な女が寄り付く呪《のろ》いでもあんのか？」

するとピノが、勢いよく手を上げた。

「あーっ！　ビリビリボーイ、ひどくなーい⁉　うち、まともじゃーん！」

「てめえが一番、変なやつだろうが……」

心底、うんざりした様子で切り捨てる。

そんな会話の中、心愛《ここあ》がパンパンと手を叩《たた》いた。

「とにかく、日本トーナメントの心得は以上だ。今回のミーティングを終える。泰然飛鳥《たいぜんあすか》にも言っとけ」

「はーい」

✕✕✕

学園内にいくつもある訓練場。

その一つ——教員用の訓練施設《しせつ》を貸し切って、識《しき》たち1年生ズはラディアータのレッスンを受けていた。

……のだが。

「きみたち。本気でやってる？」

ラディアータが呆《あき》れたように言った。

その周囲には、死屍累々《ししるいるい》という様子で識《しき》たちが転がっている。

指揮棒《タクト》型の聖剣《せいけん》〝オルガノフ〟を振《ふ》ると、周囲に旋回《せんかい》していた飛剣《ひけん》が停止した。

「あーあ、これじゃあ期待外れだよ。現役《げんえき》の頃《ころ》よりこんなに弱い私が出場したほうが、まだいい成績を残せそうだね」

「……っ!!」

わかりやすい挑発《ちょうはつ》に乗ったのは、当然ながら比隣《ひりん》である。

自身の三叉《みつまた》の鉾《ほこ》——聖剣《せいけん》〝ケラウノス・スフィア〟を使って立ち上がると、その刃《やいば》を自身の腹に突《つ》き刺《さ》す。

同時に聖剣《せいけん》の能力である雷撃《らいげき》を身体《からだ》にまとわせて、得意の超速《ちょうそく》移動でラディアータの背後を取った。

「死ねオラアアアアアアアアアアッ!!」

なんとも品のない雄叫《おたけ》びを上げながら、その結晶《クリスタル》を狙《ねら》う。

——しかし刹那《せつな》、ラディアータの瞳《ひとみ》が完全に捉《とら》えていた。

上空から降り注ぐ飛剣《ひけん》が、一瞬《いっしゅん》で比隣《ひりん》を打《う》ち据《す》える。

「ぐはあ……っ⁉」

なす術《すべ》もなく地面に叩《たた》きつけられ、逆に結晶《クリスタル》を砕《くだ》かれた。

「よ、読んでやがったのか……」

「アハハ。この程度、読まずとも対応できるよ」

カッチーン、と比隣《ひりん》が立ち上がろうとした。

しかしその鼻先に聖剣《せいけん》〝オルガノフ〟の切っ先を向け、ラディアータが動きを制する。

「比隣《ひりん》くん。きみの弱点は感覚に頼《たよ》り過ぎるところだ。天賦《てんぷ》の才は認めるけど、それじゃあ頭を使う相手には簡単に対処される。せっかく私と同じ『知覚拡張』の覚醒《かくせい》を開けたのに、今のままじゃあ宝の持《も》ち腐《ぐさ》れだよ」

「う、うるせえ！　その偶数《ぐうすう》のやつ、イマイチ効いてるのかわかんねえんだよ！」

「まあ、偶数列の覚醒《かくせい》はどれも地味だからね。気持ちはわからなくもないけど……」

ラディアータは苦笑《くしょう》しながら続けた。

「現実として、きみの自慢《じまん》の超速《ちょうそく》移動は、私の『知覚拡張』に簡単に捉《とら》えられた。まっすぐで偽《いつわ》りのない情熱は気持ちいいけど、ゆえにまだ青く未熟だ。勢いだけのナンバーは、すぐに廃《すた》れるものだろう？」

「チッ。そんなの別の覚醒《かくせい》を開けて、もっと速くぶった斬《ぎ》ればいいだけだろ！」

「確かに奇数《きすう》列の覚醒《かくせい》のほうが、聖剣《せいけん》固有の必殺技《わざ》が多くて目を引くけどね。でも世界で実績を残すプレイヤーは、例外なく偶数列《ぐうすう》の覚醒《かくせい》で能力の底上げに成功している。きみも少年と同じように頂きを目指すなら、必ず自分の聖剣《せいけん》と向き合う必要があるよ」

今度は、ステージの端《はし》で息を切らせるピノに向いた。

「ピノさんは聖剣《せいけん》との対話は上手だね。でもシンプルにド根性《こんじょう》が足りない印象かな。繊細《せんさい》で美しい旋律《せんりつ》は心地《ここち》よいけど、触《ふ》れただけで壊《こわ》れるような弱々しい音色が心の奥底を響《ひび》かすことはできない。その点は比隣《ひりん》くんを見習ったほうがいいかな」

「でもさーっ！　ラディ様に勝てるはずないじゃーん」

ブーブー文句を垂れるピノに、ラディアータは肩《かた》をすくめる。

「ほらまた弱気の虫が出た。ピノさんは実力が拮抗《きっこう》してる相手ほど、敗北が多くなる印象だね。それは世界で戦う上で、一番よくない性質だよ。改善していこう」

「ぐぬぬ〜っ！」

図星であった。

ピノが反論できずにいると、さらに唯我《ゆいが》に向く。

「王道《おうどう》の息子《むすこ》くんは……言わなくてもわかるよね？」

「……ッスね」

唯我《ゆいが》は以前から、剣術《けんじゅつ》の腕《うで》を指摘《してき》されていた。

入学してから半年でかなり上達したが、それでも国内のトッププレイヤーに比べると見劣《みおと》りするのは明白である。

と、合同レッスンに参加していた3人の総評を終えると……。

「さて……」

ラディアータの視線は、ステージで伸《の》びている愛弟子《まなでし》に向かう。

薄《うす》く笑いながら、その額に聖剣《せいけん》〝オルガノフ〟の切っ先を当てた。

「少年は、いつまで寝《ね》てるのかな？」

「……ッ⁉」

コツンと額を叩《たた》くと、ビクッと我に返った。

識《しき》は周囲の状況《じょうきょう》を見ると、はあっとため息をつく。

「気を失っていました……」

「アハハ。今日はずいぶん長いお昼寝《ひるね》だったね」

そう言って、さりげなく顎《あご》に手を添《そ》える。

「それほど夢中になって、いったい誰《だれ》の夢を見ていたのかな？　相手に妬《や》けちゃうね」

「あの、レッスン中なので……」

クスクス笑いながら、定位置につく。

聖剣《せいけん》〝オルガノフ〟を振《ふ》ると、飛剣《ひけん》がゆったりと旋回《せんかい》を開始する。

「よーし。それじゃあ、ちょっと本気でやってあげるよ」

「はい！」

8本の飛剣《ひけん》が、複雑な軌道《きどう》を描《えが》いてステージを駆《か》け巡《めぐ》る。

識《しき》はそれを紙一重で避《よ》けていく。

2人のレッスンを眺《なが》めながら、ピノたちがげっそりした顔で話していた。

「まだやるんだ……。ラディ様。アラヤっちには、ほんとえげつないよなー……」

「識《しき》くんには剣技《けんぎ》も使うし、それだけ期待してるってことッスよ」

唯我《ゆいが》がスポーツドリンクを飲みながら、その場に座り込む。

「逆をいえば、オレくんたちには識《しき》くんほどのポテンシャルが見えないってことさあ。確かに納得《なっとく》はできるけど、ちょい複雑な気分ッス」

2人の会話を聞きながら、比隣《ひりん》は黙《だま》ってレッスンを眺《なが》めていた。

やがてつまらなそうに舌打ちする。

「チッ」

訓練場の外へ向かう背中を見送りながら、2人は顔を見合わせる。

「ビリビリボーイ、ちょっとジェラシー？」

「まあ、あのスカタンは生粋《きっすい》のラディアータファンッスからねえ」

「ちょっとちょっとー？　うちのほうがラディ様大好きなんですけどー？」

「ピノさん、たまにすげえ面倒《めんどう》くさいッスね……」

とりあえず、と識《しき》のレッスンが一息つくまでストレッチを開始した。

✕✕✕

比隣《ひりん》はイライラしながら、訓練場の外に出た。
感情に任せ、白い壁《かべ》を蹴《け》る。
「くそがっ！　なんであの無能野郎《やろう》なんだよ！」
しかし壁《かべ》に八つ当たりしたところで、虚《むな》しさが残るだけであった。
その場に座り込むと、ぎゅっと唇《くちびる》を噛《か》む。
「……日本トーナメントで、ぜってえ借りは返す」
と、そこへ足音が近づいてくる。
比隣《ひりん》が顔を上げると……そこにある少女がいた。
その少女への率直《そっちょく》な感想としては「見ねえ顔だな」だった。
そもそも、あまり学園生に興味がない比隣《ひりん》である。
知らないのも無理はないが、それには自分でも違和感《いわかん》があった。
問題は、その少女の容姿であった。
太陽に輝《かがや》く、眩《まぶ》しい金色の髪《かみ》。

それを左右で二つに結び、美しく流している。
何より白い肌《はだ》にブルーの瞳《ひとみ》など、明らかに日本人ではない。
ただ、その美しさに関しては、比隣《ひりん》でも一瞬《いっしゅん》、見惚《みほ》れるほどであった。
(……この学園の生徒……じゃねえな)
すぐに我に返ると、冷静に思考を開始する。
明らかに部外者のようだが、それもおかしい。
この学園の性質上、セキュリティはなかなかのものである。
となれば、何かしら関係者であるというのが妥当《だとう》だが……。
聖剣演武《せいけんえんぶ》の留学生なら、自分が察知しないはずがない。
それほど年齢《ねんれい》も変わらなそうだし、特別講師……という線もなさそうだ。
(てか、ここに何の用だ？)
その疑問にたどり着いたとき、少女が目の前で立ち止まる。
そして比隣《ひりん》を見下ろして、静かに言った。
「ここにラディアータ・ウィッシュがいると聞きました」
そして可愛《かわい》らしい容姿に似つかわしくない、不遜《ふそん》な態度で睨《にら》みつける。
「そこのゴミ。案内しなさい」
「…………」

とんでもなく偉《えら》そうな暴言だった。

比隣《ひりん》は大きくため息をつく。

そしてゆっくり立ち上がると、自分より頭一つほど小さな少女へ向かって威嚇《いかく》する。

「オレ様は、機嫌《きげん》が悪ぃんだ。さっさと失《う》せろ」

「………………」

少女は引かなかった。

かぶりを振《ふ》ると、眩《まぶ》しいツインテールが揺《ゆ》れる。

「言葉が通じない……こんな世界の辺境では、山猿《やまざる》が制服を着て学園に通っているのですね」

「……ッ⁉」

カッチーン、と比隣《ひりん》があっさり挑発《ちょうはつ》に乗った。

こめかみに青筋を立てて、その手をポキポキと鳴らした。

「てめえに、目上に対する口の利き方ってのを教えてやる。この学園に足を踏《ふ》み入《い》れてるってことは、少しはやるんだろ？」

聖剣《せいけん》の覚醒《かくせい》によって強化された肉体で、その少女へと容赦《ようしゃ》なく殴《なぐ》りかかった。

「安心しろ！　ここで怪我《けが》しても、中のお人よしどもが治療《ちりょう》室に運んでくれっからよ！」

「………………」

その瞬間《しゅんかん》――少女の口角が吊《つ》り上《あ》がった。

✕✕✕

訓練場の中。

いつものようにラディアータにボコボコにされた識《しき》が、隅《すみ》でぐったりしていた。

その額に冷たいタオルを載《の》せながら、ピノがやれやれと肩《かた》をすくめる。

「アラヤっち。結局、ラディ様から一本も取れなかったねー」

「…………」

ぐぬぬ、と悔《くや》しがる。

ラディアータに師事して、1年と半分。

もう数えきれないほどに手合わせを繰《く》り返《かえ》しているが、未《いま》だに一本を取れたことはない。

「でも不思議だよなー。この前の三校交流会で、ラディ様は『RuRu』に負けちゃったわけじゃん？　アラヤっちは、その『RuRu』に勝ったのにねー」

それに答えたのは、唯我《ゆいが》であった。

「それに関しては、単純に相性《あいしょう》の問題ッスよ」

「どゆこと？」

「春風瑠々音《しゅんぷうるるね》の能力は、音を媒介《ばいかい》にした精神攻撃《こうげき》ッス。あれは飛剣《ひけん》をすり抜《ぬ》けて届く。ある意味、ラディアータの天敵とも言えるさあ」

「ははあ。そんでアラヤっちは？」

「対して識《しき》くんの聖剣《せいけん》〝無明《むみょう》〟は、音とか冷気とか、そういった物理防御《ぼうぎょ》をすり抜《ぬ》けるような攻撃《こうげき》を好んで喰《く》らうッス。でも、ラディアータの飛剣《ひけん》には相性《あいしょう》が悪い。そういう三《み》つ巴《どもえ》ってことさあ」

そう言って、視線をラディアータに向ける。

「まあ、ただ……」

ステージ上。

ラディアータが聖剣《せいけん》〝オルガノフ〟を振《ふ》りながら、飛剣《ひけん》を高速旋回《せんかい》させる。

それはあまりに激しい突風《とっぷう》を生み、周囲の器材を吹《ふ》き飛《と》ばした。

その余波で、ピノたちも転んだ。

「うわっぷ！」

「……っ！」

乱れた髪《かみ》を直しながら、唯我《ゆいが》が言った。

「……今のラディアータなら、たぶん春風《しゅんぷう》瑠々音《るるね》にも勝つと思いまスけど」

ピノも同意した。

相変わらず、脚《あし》の怪我《けが》による機動力は封《ふう》じられている。

しかしそれを補って余りあるほどの緻密な飛剣の操作と、何より戦闘《せんとう》中の勘《かん》が全盛期《ぜんせいき》を凌《りょう》駕《が》する印象だった。

「いや、ラディ様、絶対に飛剣《ひけん》のキレが戻《もど》ってるって！」

「よっぽど、あの負け試合が許せなかったんでしょ。うちの親父《おやじ》を呼びつけて、かなり特訓してたッスからねえ」

それを聞いていた識《しき》が、ゆっくりと起き上がる。

真剣《しんけん》なまなざしで、ラディアータの動きを観察した。

「でも俺たちが目指すところは、あのラディアータと互角《ごかく》にやり合ってたプレイヤーたちの世界だ。勝てなくて当たり前なんて気持ちじゃ、頂きには立てない」

「…………」

その様子をぽかんと見つめながら、２人は苦笑《くしょう》した。

「アラヤっち、相変わらずビッグマウスだよなー」

「大言壮語《たいげんそうご》もここまでくるとサマになってるから不思議ッスねえ」

とか言いながら、再びステージ上で模擬《もぎ》戦に移ろうとした。

そのとき——。

「——その言葉、不敬です」

鈴《すず》を鳴らすような可憐《かれん》な声が、訓練場に響《ひび》き渡《わた》った。

その声に、とっさに振《ふ》り返《かえ》る。

しかし視界に映ったのは……こちらに飛んでくる謎《なぞ》の物体であった。

「ぐは……っ⁉」

「あ、アラヤっち⁉」

その物体——比隣《ひりん》であった。

勢いよく飛んできた身体《からだ》が、識《しき》に命中する。

慌《あわ》てて受け止めようとして、もつれて転んだ。

その後、コツコツと革靴《かわぐつ》の音が近づいてくる。


「日本のアマチュアたちは、目上に対する口の利き方がなっていませんね」


金髪《きんぱつ》ツインテールの少女が現れる。

その容姿に、全員が息をのんだ。

ボコボコにされた比隣《ひりん》が、頭を押さえて起き上がった。

「痛ってえ。なんだ、あの女は……」

「比隣《ひりん》。あの人を知らないのか？」

「はあ？　なんか有名人なのか」

識《しき》はうなずいた。

「……江雲《こううん》副会長が言っていた、次の日本トーナメントでの最重要人物だ」

その言葉に、さすがの比隣《ひりん》も目を見開いた。


剣星《けんせい》二十一位〝レグルス〟──『オリヴィア・チェルシー』。


世界の頂きに座する最強集団『剣星二十一輝《オールブライト》』。

その一星が、なぜこのような場所に？

全員が硬直《こうちょく》する中──空気の読めない女がステージから降り立った。

「やあ、オリヴィア！　久しぶりだね！」

ラディアータが満面の笑《え》みで、かつてのチームメイトを迎《むか》えようとした。


──が。

「触《ふ》れないでください」

冷たい言葉と共に、その手が叩《たた》かれた。

全員がぎょっとして固まると、彼女は鋭《するど》い語気で告げる。

「貴女《あなた》は、わたくしの理想とした剣星《けんせい》ではなくなりました」

「…………」

さすがのラディアータも、その行動は予想していなかったようだ。

呆然《ぼうぜん》と目を見開き、かつてのチームメイトを見つめる。

「まさか、オリヴィア……」

ラディアータを、オリヴィアは睨《にら》み返す。

一触即発《いっしょくそくはつ》の空気。

そんな緊迫《きんぱく》した雰囲気《ふんいき》で――ラディアータはなぜか満面の笑《え》みで抱《だ》き着《つ》いた。

「もしかして反抗期《はんこう》かい⁉　わあ、きみもとうとう年相応のリアクションをするようになったんだね！　なんだか感慨深《かんがいぶか》いな！」

「…………」

一瞬《いっしゅん》で場が白けた。

蚊帳《かや》の外だった1年生ズも、微妙《びみょう》な顔で識《しき》を見つめる。

言葉にせずとも伝わる「おまえの師匠《ししょう》だろ何とかしろ」みたいな圧に、識《しき》は尊敬する師を恨《うら》んだ。

そして当のオリヴィアは……顔を真っ赤にして引きはがそうとする。

「もう！　いつまでも子《こ》ども扱《あつか》いしないでください！」

「そう言われてもなあ。きみがジュニアスクールの頃《ころ》から知ってるし、今更《いまさら》態度を変えろってほうが無理じゃないかな？　……あれ？　そういえばオリヴィア、いつから日本語ができるようになったの？」

「貴女《あなた》がこんな島国に籠《こも》らなければ、無駄《むだ》な労力を使わずに済みましたわ！」

「わ、すごいね。たった1年で、こんな複雑な言語をものにするなんて、相変わらずオリヴィアは優秀《ゆうしゅう》だよ。私は王道《おうどう》に3年も習ってやっとマスターしたのになあ」

「そんなことで褒《ほ》められても嬉《うれ》しくありません！」

子犬を愛《め》でるように髪《かみ》をもみくちゃにされている。

そんな2人を眺《なが》めながら、1年生ズがほのぼのしていた。

「あんなやつに、オレ様は負けたのかよ……っ！」

「あれでもオリヴィアは、うちの親父《おやじ》も一目置いてるッスからねえ」

ピノに至っては、めちゃくちゃスマホで写真を撮《と》りながら、同時に2人のやり取りをメモしている。

「えーっと。剣星《けんせい》オリヴィアは、普段《ふだん》はキリッとした感じだけど、プライベートではラディ様の玩具《おもちゃ》……おっと、ラディ様に可愛《かわい》がられるいじられ系……」

「そこのゴミ‼　変なことをメモするのをやめなさい！　これでもわたくしのほうが年上です！」

やっとラディアータを突《つ》き飛《と》ばし、オリヴィアはこちらに近づいてくる。

とっさにピノを守るように比隣《ひりん》と唯我《ゆいが》が身構えるが……オリヴィアが目標としたのは彼女ではなかった。

「無能《い》」

言葉は、識《しき》に投げられた。

その表現に、識《しき》は眉根《まゆね》をぴくりと歪《ゆが》める。

「……何でしょうか？」

するとオリヴィアは、ラディアータにくしゃくしゃにされた髪《かみ》を流しながら宣言する。

「わたくしが日本リーグに移籍《いせき》したのは、貴方《あなた》と闘《たたか》うためです」

まっすぐ右腕《みぎうで》を伸《の》ばすと、その手のひらを上向ける。

「その聖剣《せいけん》〝無明《むみょう》〟は、貴方《あなた》にはふさわしくない。わたくしに渡《わた》しなさい」

「……っ」

とっさに識《しき》は、周囲を窺《うかが》った。

比隣《ひりん》やピノは不思議そうにしている。

どうやら会話の内容までは理解していないようだ。

唯一《ゆいいつ》、事情を知っている唯我《ゆいが》だけが怪訝《けげん》な顔つきになっている。

識《しき》は動揺《どうよう》を気取られないように、しかしはっきりと返事をした。

「……それはできません」

「なぜ？」

聖剣《せいけん》とは、本来はその持ち主に宿るもの。

それを「渡《わた》せ」と言ってきた。

……それでなくとも、彼女は現役《げんえき》の剣星《けんせい》だ。

世界グランプリに関わる大きな秘密を、すでに知っているのは当然だった。

「理由は、ご存じのはずです」

「…………」

3年に一度の世界グランプリ。

その覇者《はしゃ》にのみ継承《けいしょう》される最初の聖剣士たちの聖剣。

それが大宝剣《だいほうけん》〝無明《むみょう》〟。

識《しき》はラディアータから、それを預かる形で、聖剣演武《せいけんえんぶ》の頂きを目指している。

この聖剣《せいけん》〝無明《むみょう》〟を失うことは、識《しき》の夢である世界の舞台《ぶたい》を諦《あきら》めることと同義だった。

「……不敬です」

オリヴィアは、小さくため息をついた。

静かに踵《きびす》を返《かえ》すと、ステージへと上がる。

「無能よ。貴方《あなた》は、その聖剣《せいけん》〝無明《むみょう》〟の継承《けいしょう》者としてふさわしくありません」

その右腕《みぎうで》を振《ふ》るう。

同時に眩《まばゆ》い光が包み、一振《ふ》りの剣《けん》が顕現《けんげん》した。

西洋の諸刃《もろは》剣《けん》。

いわゆるロングソードと呼ばれる、最もベーシックな刀剣《とうけん》。


しかし、それで終わらなかった。

今度は左腕《ひだりうで》に、円形の光が瞬《またた》く。

それが消えると同時に、盾《たて》が握《にぎ》られていた。

剣《けん》と盾《たて》一対で一刀の聖剣《せいけん》。

その切っ先を、識《しき》へと向ける。

「日本トーナメントを待つまでもありません。その誇《ほこ》りを叩《たた》き潰《つぶ》して差し上げます！」

瞬間《しゅんかん》、識《しき》の身体《からだ》に変化が起こった。

突然《とつぜん》、何かに引っ張られるように身体《からだ》が浮《う》いたのだ。

勢いよくステージ上へと投げられ、識《しき》は慌《あわ》てて受け身を取った。

「……わかりました」

話し合いは不可能。

そう察した識《しき》は、聖剣《せいけん》〝無明《むみょう》〟で居合術の構えを取る。

「無能！　せいぜい足掻《あが》いてみなさい！」

オリヴィアは、盾《たて》を構えた。

しかしそれは防御《ぼうぎょ》の態勢ではない。

ぐっと身体《からだ》を後ろにひねって――陸上競技の円盤投《えんばんな》げのようなスタイルで盾《たて》を放り投げたのだ。

「……っ⁉」

その速度。

反射神経に定評のある識《しき》ですら、一瞬《いっしゅん》、反応に遅《おく》れた。

その盾《たて》がもろに識《しき》を捉《とら》え、ステージの後方へと吹《ふ》き飛《と》ばす。

「ぐ……っ！」

決して油断していたわけではない。

予想を大きく上回る速度で、識《しき》の動きは封《ふう》じられたのだ。

そして識《しき》が立ち上がるより先に――その剣《けん》が左胸の結晶《クリスタル》を叩《たた》き砕《くだ》いた。

オリヴィアは立ち上がろうとする識《しき》の腹を、脚《あし》で押さえる。

そして侮蔑《ぶべつ》のまなざしで見下ろした。

「その程度ですか。頂きに立つなど、到底《とうてい》、不可能ですね」

「…………」

識《しき》はぐっと唇《くちびる》を噛《か》んだ。

ただ純粋《じゅんすい》に、速さと重さで圧倒《あっとう》された。

不意を突《つ》かれたとはいえ、抜刀《ばっとう》速度が売りの自分が刀を抜《ぬ》くことさえできなかったのだ。

それはすなわち、純粋《じゅんすい》な地力の差を見せつけられたということである。

その事実を認めざるを得なかった。

「やはり大宝剣《だいほうけん》は、貴方《あなた》のような無能には荷が重いようですね」

そう言って、オリヴィアが剣《けん》を掲《かか》げた。

すると先ほどの識《しき》と同じように、なぜか聖剣《せいけん》〝無明《むみょう》〟がひとりでに宙に浮《う》かんだのだ。

識《しき》が慌《あわ》てて柄《つか》を握《にぎ》り締《し》める……が、それは何か強い力によって上空へと舞《ま》い上《あ》がった。

オリヴィアが聖剣《せいけん》〝無明《むみょう》〟へと手を伸《の》ばす。

「空席となった世界の頂きは、わたくしが守って差し上げます」

そうして、手に取ろうとした瞬間《しゅんかん》……。

聖剣《せいけん》〝オルガノフ〟の飛剣《ひけん》が割って入り、聖剣《せいけん》〝無明《むみょう》〟を弾《はじ》き飛《と》ばした。

聖剣《せいけん》〝無明《むみょう》〟は、識《しき》の手元へと転がる。

オリヴィアが振《ふ》り返《かえ》ると、それまで傍観《ぼうかん》していたラディアータを睨《にら》みつける。

「……貴女《あなた》は、本当に輝《かがや》きを失ってしまったのですね」

ラディアータはため息をついた。

「オリヴィア。きみが何を怒《おこ》ってるのか知らないけど、同じ競技を愛する者をいじめて楽しむのは感心しないな。格上だという自負があるなら、なおさらだよ」

「同じ競技を愛する者？」

嘲笑《ちょうしょう》するかのように、周囲の1年生たちを見まわした。

「まるでこの無能たちが、わたくしと同じステージに立っているかのような言い草ですね。不敬の極《きわ》みです」

比隣《ひりん》が反応した。

ガアーッと食《く》って掛《か》かろうとするのを、脇《わき》にいた唯我《ゆいが》が止める。

「放《はな》しやがれ！　あいつぶった斬《ぎ》ってやる！」

「頭を冷やすさあ。正式な試合でもないのに、ここで揉《も》めてもいいことないッス」

「そういう問題じゃ……」

「相手は現役《げんえき》の剣星《けんせい》ッス。ここで揉《も》めたら、日本トーナメントの出場取り消しまであり得るさあ」

「……っ⁉」

さすがの比隣《ひりん》も、動きを止めた。

それを見て、オリヴィアも剣《けん》を下げる。

「……王道楽土《おうどうらくど》の息子《むすこ》ですか。そちらのゴミよりは、少しは頭が回るようですね」

「一応、褒《ほ》められたってことにしておくッス」

オリヴィアは、再びラディアータに向く。

「ラディアータ。わたくしがいじめているというのも心外です。この程度の実力で世界を目指そうという世間知らずに、現実を教えて差し上げているのです」

「きみなりの優《やさ》しさってことかな？」

「その通りです」

ラディアータは肩《かた》をすくめた。

その態度に、オリヴィアは舌打ちする。

「その聖剣《せいけん》〝無明《むみょう》〟の主《あるじ》に、誰《だれ》がふさわしいか。場外では納得《なっとく》いただけないというなら、それもいいでしょう。わたくしも、公的な場のほうがやりやすいです」

そう言って、最後に識《しき》を睨《にら》みつける。

「日本トーナメントまで、ひと時の幸福を噛《か》み締《し》めておきなさい」

⚔⚔⚔

その夜。

男子寮《りょう》にある識《しき》の部屋。

昼間の面々が集まって、どんよりとした空気に包まれている。

「いやー、やばいことになっちゃったなー」

ウンウンとうなずくのは、ピノであった。

比隣《ひりん》はずっとイライラしているし、唯我《ゆいが》は微妙《びみょう》な面持《おもも》ちでスマホをいじっている。父親である王道楽土《おうどうらくど》に昼間のことを報告しているのだ。

「まさかほんとにアラヤっち目当てだったとはなー。いやー、やばいやばい。これは本気でやばいなー」

「ピノ。そう言いながらSNSに投下しようとするのはやめてくれ……」

常に炎上《えんじょう》を狙《ねら》う友人に、識《しき》はげんなりした。

さて、と空気が弛緩《しかん》したところで。

「こらバカヤシキ。あの女の言ってたことは、どういうことだ？」

「え……」

比隣《ひりん》の問いかけに、識《しき》は言《い》い淀《よど》んだ。

言うまでもなく『聖剣《せいけん》を渡《わた》せ』という言葉のことだろう。

本来、聖剣《せいけん》はその人間に宿る唯一無二《ゆいいつむに》のもの。

それを他人に渡《わた》せ、とはどういうことかと考えるのは当然である。

「それは……」

識《しき》には言えなかった。

識《しき》の聖剣《せいけん》〝無明《むみょう》〟は、ラディアータから貸し出された最初の大剣星《だいけんせい》の遺物。

彼自身は、やはり聖剣《せいけん》が宿らない無能者のままだ。

ラディアータという世界的スターの権限で聖剣演武《せいけんえんぶ》に参加しているが、本来はその資格を持たないのだ。

下手にバレれば、識《しき》の世界の頂きへの道は閉ざされる可能性が高い。

ゆえにこれまで比隣《ひりん》やピノをはじめ、学園のほぼすべての人間にも秘密にしてきたのだ。

（……理由は、それだけじゃないが）

特に比隣《ひりん》へは、識《しき》は言えない理由があった。

比隣《ひりん》とは入学試験のときから、何かと因縁《いんねん》がある。

互《たが》いに切磋琢磨《せっさたくま》する関係になっても……いや、だからこそ比隣《ひりん》には言えない。

なぜなら比隣《ひりん》もまた、ラディアータに憧《あこが》れてやまない同志。

何と憎《にく》まれ口《ぐち》を叩《たた》かれようと、識《しき》は比隣《ひりん》に対して他の生徒にはない強い仲間意識を持っている。

単純に、後ろめたいのだ。

同じスターに憧《あこが》れて、同じ道を志している。

それなのに、自分だけが彼女の寵愛《ちょうあい》を受けている事実。

自分が無能のままで、ただ運が良かっただけ、と知られたとき。

比隣《ひりん》がどんな言葉を投げかけてくるか。

付き合いが長くなるにつれて、その恐怖《きょうふ》が強くなっているのだ。

……と、言《い》い淀《よど》む識《しき》に助け船があった。

「いやいや、識《しき》くんだって意味わかんねぇッスよ。気になるなら、日本トーナメントでオリヴィア本人を倒《たお》して聞けばいいさあ」

パンパンと手を叩《たた》いて会話を打ち切ったのは、唯我《ゆいが》であった。

王道楽土《おうどうらくど》の息子《むすこ》であるため、学園生で唯一《ゆいいつ》、聖剣《せいけん》〝無明《むみょう》〟の秘密を知っている。

その非常に比隣《ひりん》好みな言葉は、効果が抜群《ばつぐん》であった。

「……チッ。そうだな。あの女には、オレ様も借りがあるからよ」

「ビリビリボーイ、あそこまで手も足も出なかったのに勝つ気満々なのすごいよなー」

「うるせえ！　聖剣《せいけん》を使ったらオレ様のほうが勝ってたんだよ！」

そこらへんで、自然とお開きの流れになった。

実際、1年生ズはレッスンの疲労《ひろう》もある。

比隣《ひりん》、ピノ、と部屋を出ていき、最後に残った唯我《ゆいが》が識《しき》の肩《かた》を叩《たた》く。

「ま、気にすることはねえさあ。世界グランプリで贈《おく》られる〝宝剣《ほうけん》〟は世間的にはレプリカってことになってるし、その存在がマジだっていうのは剣星《けんせい》たちにもきつく緘口令《かんこう》が敷《し》かれてる。オリヴィアが何を企《たくら》んでいるか知らねえッスけど、渡《わた》すようなことにはならねえさあ」

「そういえば、どうして誰《だれ》も宝剣《ほうけん》を使わないんだ？」

剣星《けんせい》といえど人の子だ。

世界で最も尊い剣《けん》を持てるなら、使ってみたくなるのが人情だろう。

ここまで真実が隠《かく》しきれている事実に、少なからず識《しき》は疑問を持っていた。

「あー。これも親父《おやじ》から聞いた話ッスけど……」

しかし唯我《ゆいが》はあっさりと言った。

「宝剣《ほうけん》を抜《ぬ》いたら、普通《ふつう》は喰われるんスよ」

「喰われる……?」

識《しき》が口元を引きつらせると、滔々《とうとう》と続けていく。

「小学校で魔剣《まけん》災害って習ったじゃないッスか。その魔剣《まけん》を封《ふう》じているから、普通《ふつう》は抜《ぬ》いたら死ぬらしいさあ。過去に何人か試《ため》した剣星《けんせい》がいたらしいッスけど、それ以来、宝剣《ほうけん》を抜《ぬ》くことは禁止されていて……あれ? ラディアータに聞いてねえんスか?」

「聞いてない」

「あー……」

唯我《ゆいが》はぐっと親指を立てた。

「結果オーライさあ!」

「稀《まれ》に見るいい笑顔《えがお》なんだが……」

識《しき》はげんなりして、聖剣《せいけん》〝無明《むみょう》〟を顕現《けんげん》する。

鞘《さや》から抜《ぬ》くと、深い藤色《ふじいろ》の刃《やいば》が姿を現した。

艶《つや》やかな光沢《こうたく》の中に、識《しき》の顔を鮮明《せんめい》に映している。

「……俺は何も感じないが」

「それに関しては親父《おやじ》も驚《おどろ》いてるさあ。特に聖剣《せいけん》〝無明《むみょう》〟は気難しくて有名だったッス。まあ、識《しき》くんと馬が合うってことさあ」

それに関しては、ラディアータも度々、似たようなことを言っていた。

「宝剣《ほうけん》は誰《だれ》も使えない。ゆえに宝剣《ほうけん》はレプリカ。その常識を前提に、聖剣《せいけん》協会も聖剣《せいけん》〝無明《むみよう》〟を識《しき》くんが使うことを黙認《もくにん》してるッス。それをオリヴィアがどうこう言ったところで、彼女に渡《わた》すことにはならないさあ」

「そういうものか？　オリヴィアは剣星《けんせい》なんだし……」

「それは単純に、ラディアータとオリヴィアのどちらが重いのかって問題ッスよ。オリヴィアは強いしスター性もあるけど、まだラディアータのほうが経済的に価値は高いッス。ラディアータの弟子《でし》である識《しき》くんが聖剣《せいけん》〝無明《むみよう》〟を持ってたほうが、聖剣《せいけん》協会にも旨味があるってことさあ」

非常にドライな意見である。

この手の話題は、やはり比隣《ひりん》やピノよりも深い会話ができた。

「……ん？」

そこで、部屋のドアが叩《たた》かれた。

比隣《ひりん》が戻《もど》ってきたのかと思ったが、どうも違《ちが》うようだ。

勝手に合鍵《あいかぎ》で開けたことで、相手が誰《だれ》かは見当がついた。

「ラディアータ。お疲《つか》れ様《さま》です」

「やあ。2人とも、お疲《つか》れ様《さま》。さっき廊下《ろうか》でピノさんに会ったよ」

案の定、ラディアータであった。

それを見て、ようやく唯我《ゆいが》は立ち上がる。

「じゃ、オレくんも退散するさあ」

「また明日な」

ラディアータに挨拶《あいさつ》をして、唯我《ゆいが》も部屋を出た。

そして入《い》れ替《か》わりに、ラディアータがベッドに腰掛《こしか》ける。

「少年、今日はすまないね」

「いえ。オリヴィアさんについて、校長たちは何と……？」

「今日の来校は、完全に初耳だったらしい。王道《おうどう》もすぐ日本支部に抗議《こうぎ》するって言ってた」

「そうなんですか……」

この日本トーナメントの直前で、来校したオリヴィア。

その意図を測りかね、こうして情報を当たっていた。

「オリヴィアさんは、なぜ聖剣《せいけん》〝無明《むみょう》〟を……？」

「うーん……」

先ほど比隣《ひりん》にも指摘《してき》されたことだ。

それに関しては、当事者である識《しき》も気がかりだった。

元チームメイトだというし、ラディアータなら何か知っているのでは……という期待があった。

そのラディアータは、いたって真面目な顔で首をかしげる。

「さあ？」

識《しき》はずっこけそうになった。

しかしラディアータは、何とも緊張《きんちょう》感のない様子で笑う。

「アハハ。まあ、聖剣《せいけん》〝無明《むみょう》〟は、聖剣士《せいけんし》にとって世界最強の証明だからね。聖剣演武《せいけんえんぶ》を志す者なら、誰《だれ》だってほしいさ」

「そういうものでしょうか……？」

昼間のオリヴィアの様子を思い返した。

単純に名誉《めいよ》が欲《ほ》しい、という様子でもなかった。

むしろ聖剣《せいけん》〝無明《むみょう》〟ではなく、自分に対して強い感情が見えるというか……。

（いや、気のせいだろう）

そもそもオリヴィアとは初対面だ。

自分のようなアマチュアのことを知っているのはおかしいし、何かしら恨《うら》みを買う覚えもない。

大方、ラディアータと自分の師弟《してい》関係を快く思わないタイプだろうと推測した。

「ラディアータは、オリヴィアさんとは仲がよかったんですか？」

「そうだね。彼女がジュニアの頃《ころ》は、懐《なつ》いてくれてたものだよ。こんなに小さくて、いつも後ろをついてきてたなあ。よく『本当の姉妹《しまい》みたいですね』って言われてね」

「そうだったんですか……最近は？」

「あの子がシニアデビューしてからは、あまり会ってないね。あの子は母国に戻《もど》ってリーグも離《はな》れたし、デビュー直後から頭角を現して忙《いそが》しくなったし……」

「ラディアータから、彼女を説得して頂くことは……」

と、識《しき》の言うことも尤《もっと》もである。

日本トーナメントに集中しなくてはいけない状況《じょうきょう》で、オリヴィアと諍《いさか》いを起こすのは得策ではない。

しかしラディアータは、意外にも否定した。

「それはできない。私はオリヴィアの行動に口を出す気はないよ」

突《つ》き放《はな》すような言い草に、識《しき》は違和感《いわかん》を覚えた。

「なぜですか？」

「彼女はもう大人だ。剣星《けんせい》としての実力も自覚も備わっているはず。その行動は自分で責任を負うべきだ」

「でも、きっとオリヴィアさんは、俺とラディアータの関係をよく思ってなくて……」

「だとしても、それはオリヴィア自身で受け入れるべきことだ。私が上から押さえつけるのは正しくない」

「…………」

その理屈《りくつ》はわかった。

ラディアータらしくない……と思うその発言も、ひいてはオリヴィアを認めているからこそのものだった。

それを聞き、識《しき》は……。

(羨《うらや》ましいな)

と、やや場違《ばちが》いなことを思った。

確かに自分は、常にラディアータが一緒《いっしょ》にいる。

公私にわたって世話を焼いてもらえる。

それは非常に幸運なことだし、何にも代えがたいものだった。

だが……。

(憧《あこが》れの人に認めてもらえる……それはすごく名誉《めいよ》なことだ)

ラディアータが世話を焼いてくれる。

それはすなわち、まだ1人では立っていけないひよっこということでもある。

(俺がラディアータに認めてもらえるのは、いつなんだろう)

日本トーナメントで優勝できたら？

あのオリヴィアに勝てたら、同じように扱《あつか》ってくれるのだろうか。

しかしそれは、ラディアータとの別れでもあるわけで……。

そんなことを考えていると、識《しき》の額がコツンと弾《はじ》かれた。

「少年。また何か余計なことを考えてるね？」

「あ、いや……」

すっかり見抜《みぬ》かれるようになっていた。

識《しき》が言《い》い淀《よど》んでいると、ラディアータは微笑《ほほえ》んだ。

「オリヴィアのことが気になるのはわかる。でも、今は集中するべきことがある」

「……はい」

しかし気が乗らない返事だった。

それに対して、ラディアータはため息をついた。

「きみ、本当にわかってる？」

「あ、はい。世界グランプリに出場するためには、この日本トーナメントで……」

しかし唇《くちびる》に、人差し指を当てられる。

「それも大事だけど、もっと大事なことがある」

「え……？」

識《しき》が聞き返した。

「この日本トーナメントで8位内に収まれば、世界四大大会への出場権が得られる。でもそれは、世界グランプリへの通過点だけじゃない」

ラディアータが、まっすぐ識《しき》を見つめる。

「私たちの、あの約束が果たされる刻だ」

「……っ！」

識《しき》の背筋に、ぞくりとしたものが走った。

それは高揚《こうよう》。

その一言だけで、ラディアータの意図することがわかった。


あの7年前の日。

初めてラディアータと出会った日。

幼い識《しき》の宣戦布告に、ラディアータは真摯《しんし》に約束を結んだ。


『――一緒《いっしょ》に世界で戦おう』


そうだ。

この日本トーナメントの勝利は、すなわちラディアータとの約束の成就《じょうじゅ》。

識《しき》の雑念は消えた。

「オリヴィアのことなんて、もう忘れたろ？」

「はい」

「私だけを見て。きみには、それだけでいいはずだ」

「はい！」

聖剣《せいけん》〝無明《むみょう》〟を、互《たが》いに握《にぎ》る。

すべてはこのひと振《ふ》りの刀から始まった。


ラディアータの言葉に、識《しき》は深くうなずいた。

「──〝Let's your Lux〟」

⚔⚔⚔

──三か月後。

福岡にある聖剣演武《せいけんえんぶ》の競技ドーム。

そこは7年前、ラディアータが初めて世界最強の称号《しょうごう》を奪《うば》い去《さ》った場所でもあった。

幼い頃《ころ》に見上げた場所は、あのときと変わらない。

ただし胸に秘めた感慨《かんがい》は、まったく別物だった。

（ここで、ラディアータとの約束を果たす……っ！）

識《しき》が緊張《きんちょう》していると、向こうからピノが呼んだ。

その両手には、たくさんの屋台飯が抱《かか》えられていた。

「アラヤっちーっ！　向こうの屋台で回転焼き売ってるーっ！　買いにいこーっ！」

「緊張感《きんちょう》……」

さらに別方向から、比隣《ひりん》が走ってくる。

「バカヤシキ！　向こうに7年前のラディアータの写真飾《かざ》ってんぞ！」

「比隣《ひりん》まで……」

落ち着いているのは、唯我《ゆいが》だけであった。

「まあ、変にガチガチになるよりはいいッスよ」

「そうなんだけどな……」

すると向こうから、副会長の心愛《ここあ》がやってくる。

運営委員会のほうに登録手続きに行っており、その手には書類の束があった。

「おめーら。揃《そろ》ってるかー？」

「ふくかいちょーっ！　飛鳥《あすか》っちがいませーん！」

「あいつマジでたっぴらかしてやろうか……」

心愛《ここあ》がうんざりしながら、数枚の書類を配っていく。

「登録書と、同意書だ。これにアレコレ書いていけ」

「同意書？」

「怪我《けが》しても文句言わねーってやつ」

「ああ……」

そしてスマホのようなものも配られる。

「そして、これが運営から支給される端末《たんまつ》だ。大会中は、肌身《はだみ》離《はな》さず持っておけ」

「これは？」

「大会は7日間あるし、参加人数も多い。来客を合わせりゃえらい数だ。会場も死ぬほど広いし、これで案内やら連絡《れんらく》やらを一括《いっかつ》送信するんだよ」

「なるほど……」

試合前のアラームなども自動で鳴るようだ。

便利だなあ、とのんきに思っていると、ふと黄色い声が飛んできた。

「阿頼耶識《あらやしき》くーん！」

「頑張《がんば》ってねー！」

見ると、来客らしき女性の2人組が手を振《ふ》っている。

それを見て、心愛《ここあ》が肘《ひじ》で小突《こづ》いてきた。

「モテる男は大変じゃねーの」

「やめてください……」

結局、させられたのだ。

CM出演。

しかもラディアータと一緒《いっしょ》に。

その後は国内の大会にも出場し、なかなかいい感じの成績も残して、今や日本聖剣《せいけん》界のホープみたいな扱《あつか》いであった。

なおテレビの人気投票では『孫にしたい聖剣士《せいけんし》』枠《わく》で堂々の第1位である。

識《しき》はぎこちなく手を振《ふ》り返した。

「えっと……頑張《がんば》ります」

それだけでキャーとか言われちゃって、逆に不機嫌《ふきげん》なのは比隣《ひりん》である。

「この節穴ども！　オレ様のほうが強ぇんだよ！」

来客にがなり立ててるのを、ピノと唯我《ゆいが》が取《と》り押さえていた。

そんなコントをやっていると、ふと女性客の背後にスマートな影《かげ》が忍《しの》び寄《よ》った。

2人の肩《かた》に手を置いて、にこりと微笑《ほほえ》んだのはラディアータである。

「少年。ファンの声援《せいえん》に、そんな中途半端《ちゅうとはんぱ》な応え方はダメだよ。この一度の出会いが、人生最高の思い出になるんだから」

その登場に、周囲の来客たちが沸《わ》いた。

1人1人に丁寧《ていねい》な対応をしながら、ついでに一緒《いっしょ》に写真を撮《と》る。

「――〝Let's your Lux〟」

とか決めると、怒涛《どとう》の歓声《かんせい》が上がる。

そんな生ルクスの大安売りをしていると、スーツの男性が警備員の団体を連れてやってきた。

どうやら日本トーナメントの運営委員のようだ。

「ラディアータ！　こんなところで騒《さわ》ぎは困ります！」

「ゴメン、ゴメン。学園での癖《くせ》で、ついファンサービスが過剰《かじょう》になっちゃうんだよ」

警備員たちが、来客たちを遠ざけていく。

「選手たちへの接触《せっしょく》はご遠慮《えんりょ》ください！」

そんな声が、そこかしこから聞こえた。

人騒《ひとさわ》がせなスターだなあ、とか他人事《ひとごと》のように思いながら、心愛《ここあ》に促《うなが》されて登録書と同意書に記入を終えた。

全員分を確認《かくにん》して、心愛《ここあ》がうなずく。

「これを運営本部に提出したら、ドームの中で身体検査を受けろ。終わったら午後から開会式。各自、明日の予選の確認《かくにん》しとけよ」

「はい！」

運営委員会のほうに向かおうとするが、人混みのせいで移動ができない。

うーんと立ち往生していると、ラディアータの背後に謎《なぞ》の人影《ひとかげ》が出現した。


「ラ〜ディちゃん♪」


とか陽気な声を上げて、気さくにその両胸を鷲掴《わしづか》みにした。

それは黒いパンツスーツの麗人《れいじん》であった。

中性的な顔立ち、凹凸《おうとつ》の少ないスマートな体軀《たいく》。

片目が隠《かく》れるショートヘアに、外国人らしいくっきりとした目鼻。

世界を魅了《みりよう》するバストをもにょもにょと遠慮《えんりょ》なくこねながら、その女性はにこやかに言った。

「きみは見つけやすくて助かるな〜。大騒《おおさわ》ぎしてるところに行けば、必ずいるからね♪」

しかしラディアータ、不審《ふしん》人物に対して平然と振《ふ》り返《かえ》った。

「やあ、レディ・フラッグマン。出会《であ》い頭《がしら》に女性の胸を揉《も》みしだくのは感心しないな」

「フフフ。ボクのことは親愛を込《こ》めてフーちゃんと呼んでくれたまえよ」

「フーちゃん。この胸はうちの少年のものなんだ。勝手に触《さわ》っちゃダメじゃないか」

「いや、俺のものじゃないですから……」

闖入《ちんにゅう》者の存在にも負けず、ちゃんとツッコむ識《しき》であった。

その謎《なぞ》の麗人《れいじん》は、おやっと識《しき》に視線を移す。

ラディアータのバストから手を離《はな》すと、識《しき》の前に立った。

にこやかに微笑《ほほえ》みながら、胸ポケットから名刺《めいし》を差し出す。

「ハロー、アラヤシキ。ボクはレディ・フラッグマン。世界聖剣《せいけん》協会から派遣《はけん》されたトーナメント運営監視官《かんしかん》だ」

「運営監視官《かんしかん》って……？」

世界聖剣《せいけん》協会のマークと名前、そして電話番号だけが記された簡素な名刺《めいし》だった。

知り合いらしいラディアータが説明してくれる。

「各国の国内トーナメントが正常に運営されているか確認《かくにん》するために、協会から派遣《はけん》されるエージェントだ。要は不正がないかチェックする人だよ。えーっと……目の上のみたらし団子ってやつ？」

「たんこぶですね……」

なんかベタベタしそうだなあ、とか思った。

2人は親しげに話を続ける。

「でも驚《おどろ》いたよ。きみほどの人間が監視官《かんしかん》なんて……まさか人員不足ってわけじゃないだろ？」

「今回の日本トーナメントはイレギュラーな要素が多いからね。一応、多くのことに対応できる人間がよいという結論だよ。まあ、日本観光の気分でゆったりさせてもらおうと思ってるけど」

そしてラディアータが、他のメンバーに聞こえないように識《しき》に耳打ちする。

「少年も仲よくしておいたほうがいい」

「え？　俺が？」

「きみが聖剣《せいけん》〝無明《むみよう》〟を使うことを、聖剣《せいけん》協会に認めさせた人だよ」

「ええっ⁉」

するとフラッグマンという女性が薄《うす》い胸を張った。

「これでも超《ちよう》有能なんだ。もっと崇《あが》めたまえよ」

識《しき》は恐縮《きようしゆく》して言った。

「あ、ありがとうございます」

「フフフ。まあ、本当のところは礼には及《およ》ばない。ラディちゃんの頼《たの》みなら断れないし、ボクにもそれなりに打算があることだから」

「打算？」

フラッグマンはからからと笑った。

「ラディちゃんが怪我《けが》して引退しちゃったもんだから、うちの株が暴落してやばいんだよ。その弟子《でし》が次の世界グランプリで優勝を掻《か》っ攫《さら》ったら、信頼《しんらい》が超《ちょう》回復しちゃうって寸法さ」

「は、はあ……」

「ということで、今回の日本トーナメントはぜひ頑張《がんば》ってくれたまえよ。世界四大大会に出場する際は、ボクがバックアップしてあげる」

「どうも……」

ぴんとこない識《しき》に、フラッグマンは強引《ごういん》に握手《あくしゅ》をしてブンブン腕《うで》を振《ふ》る。

——と、そこで会場にざわめきが起こった。

自然と目を向け、識《しき》たちは目を細める。


オリヴィア・チェルシーであった。


彼女は人だかりの中、警備員たちが開く道を悠然《ゆうぜん》と歩いていく。

先ほどまでラディアータに浮《う》かれ切っていた来客たちも、大きな歓声《かんせい》で迎《むか》えていた。

今日は開会式だけなのにこれだけの来客があるのも、この地にラディアータとオリヴィアの剣星《けんせい》2人がいるからであった。

その後ろには、スーツ姿の男がいた。

茶髪《ちゃぱつ》で少し頬《ほお》のこけた、知的な印象の外国人。

年の頃《ころ》は四十後半といった風貌《ふうぼう》である。

こちらのラディアータとフラッグマンは、むしろその男性のほうを注目している様子であった。

「意外だね。オリヴィアちゃんは、やっぱりあっちと組んだか～」

その会話に、識《しき》が首をかしげる。

「オリヴィアは、ああいう人たちと気が合わないと思っていたけど」

「あの人は？」

「アストロマウント。ボクと同じく聖剣《せいけん》協会から派遣《はけん》されたエージェントだよ。ただ、あまり仲はよくないんだ」

「そうなんですか？」

「聖剣《せいけん》協会には、二つの派閥《はばつ》があってね。彼はいわゆる潔癖《けっぺき》な保守派だ。伝統を重んじるあまり、新しいことに否定的」

「フラッグマンさんは？」

「フフフ。親愛を込《こ》めてフーちゃんと呼んでくれたまえよ」

「……フーちゃんさんは？」

「まあ、及第《きゅうだい》点かな。信頼《しんらい》はこれから少しずつ積み上げればいいさ」

ラディアータと同族の匂《にお》いを醸《かも》しながら、フラッグマンが得意げに言った。

「ボクたちの派閥《はばつ》はいわゆる……」

と、そこで渋《しぶ》い男の声が割り込んだ。

「革新派気取りのヒッピーどもが、偉《えら》そうに他人を評価するとは笑えますな」

そのアストロマウントという男性がこちらに歩いてきた。

険のある態度を見るに、仲がよくないというのは本当らしい。

しかしフラッグマン、まったく意に介《かい》さない様子で笑った。

「聞き流してくれたまえよ。ボーナスはボクのほうが上だから」

「やかましいっ！　なぜ貴殿《きでん》が、わたしのボーナスの額を知っているのですか⁉」

そんなコントを繰《く》り広《ひろ》げていると……そのアストロマウントの後ろの人影《ひとかげ》に気づいた。


オリヴィアが、無言で識《しき》を睨《にら》みつけている。


その鋭《するど》い視線に、識《しき》がたじろいだ。

それを遮《さえぎ》るように、ラディアータが立つ。

「オリヴィア。ファンたちの前だよ」

「……っ！」

苛立《いらだ》たしげに怒鳴《どな》った。

「いつまでも子《こ》ども扱《あつか》いするなと言ったはずです！」

踵《きびす》を返《かえ》すと、来客のごった返す中をドームへと歩いていく。

それをアストロマウントが慌《あわ》てて追いかけた。


一連の流れを黙《だま》って見つめていたピノたちは——。


「三校交流会と反対に、今度はラディ様を奪《うば》い合《あ》う弟子《でし》戦争勃発《ぼっぱつ》!? うっひゃーまたまた万バズ間違《まちが》いなしじゃーん！」

「……唯我《ゆいが》。しばらくピノのスマホを没収《ぼっしゅう》しておいてくれ」

そう言いながら、識《しき》たちも登録のためにドームへと向かった。

⚔⚔⚔

今年の日本トーナメントに招集《しょうしゅう》されたのは、約60名。

各聖剣《せいけん》学園から代表者が5名ずつ。

国内でプロとして活動する聖剣士《せいけんし》、あるいはセミプロの面々。

そして——今期から日本リーグへと移籍《いせき》した海外のプロ聖剣士《せいけんし》。

その中でも、やはりオリヴィアの存在感は際立《きわだ》っていた。

本来、各国の国内トーナメントにて海外の公式大会への出場権を獲得《かくとく》した場合、向こう3年間はその効力が持続する。

つまり2年前に出場権を獲得《かくとく》した聖剣《せいけん》学園北海道校の春風瑠々音《しゅんぷうるるね》などは、今年まで国内トーナメントをパスするという形である。

さらに王道楽土《おうどうらくど》のように一度でも『剣星二十一輝《オールブライト》』に選出された者は、その権利が無期限で与《あた》えられる慣例である。

しかしその権利がはく奪《だつ》される、数少ない通例の一つ。

それが所属リーグの移籍《いせき》である。

この手の出来事が起こるのは歴史的に見ても珍《めずら》しい。

世界レベルの実績を引《ひ》き換《か》えにしてでも新境地を求める者は少ないのだ。

現役《げんえき》の剣星《けんせい》という肩書《かたがき》を備えたオリヴィアが、日本トーナメントに参加するのは、世界的にも極《きわ》めて稀有《けう》な出来事である。

開会式が終了《しゅうりょう》し、聖三《せいさん》の1年生メンバーは控室《ひかえしつ》に集まっていた。

監督《かんとく》である心愛《ここあ》が、全員を見渡《みわた》した。

「よーし。全員、いるな？」

「飛鳥《あすか》っちがいませーん」

「……よし。全員いるなー」

もう諦《あきら》めた心愛《ここあ》が、話を進めた。

「この日本トーナメントのルールを再確認《かくにん》する」

日本トーナメント。

一週間にわたって開催《かいさい》される国内最大の聖剣演武《せいけんえんぶ》トーナメント戦。

国内外で活躍《かつやく》する聖剣士《せいけんし》を招集《しょうしゅう》し、世界四大大会への出場権を争う。

この上位8名が、世界聖剣《せいけん》協会の名の下に出場権を与《あた》えられるのだ。

「まず明日から2日間、予選がある。本選トーナメントに駒《こま》を進めるのは、60名のうち半分だけだ」

「ふくかいちょー。予選って何すんの？　普通《ふつう》に聖剣演武《せいけんえんぶ》の試合？」

「てめー、規約とか読んどけって言ったろ……」

心愛《ここあ》が大きなため息をつく。

「日本トーナメントはしっかり国際基準のルールだ。つまり50点先取ゲーム。下手すりゃ一試合が3時間以上かかるケースもある」

「うひゃー。それじゃ2日間で終わらないじゃん」

「ということで、予選は特殊《とくしゅ》ルールが設けられることが多い。去年は、えーっと……あ、そうだ。聖剣《せいけん》使ったサッカーとかしてたな」

「もはや聖剣演武《せいけんえんぶ》、関係なくない？」

「観客入れて興行ってのもあるし、飽《あ》きさせない工夫《くふう》ってやつなんじゃねーか？　まあ、さすがに批判的な意見も多かったし、今年は奇抜《きばつ》なのはねえだろ」

そんなことを話していると、識《しき》たちに支給された端末《たんまつ》が一斉《いっせい》に鳴った。

運営委員会からの連絡《れんらく》だった。

それを読み、唯我《ゆいが》がため息をつく。

「早速《さっそく》、予選のルールと組み合わせ表ッスねえ」

そしてピノが声を上げた。

「うわ、これおもしろそーっ！」


予選ルール。

聖剣士《せいけんし》2名同士による【ダブルス】。

勝者ペアが、3日め以降の本選トーナメントへ出場できる。
※なお、組み合わせは運営委員会から指定する。

それを見た心愛《ここあ》が、にやりと笑った。

「へえ、即席《そくせき》ペアでのダブルスね。こりゃ聖剣士《せいけんし》としての地力が試《ため》される内容じゃねーか」

「うち、ペア誰《だれ》かなー。……あ！　このプロの人、知ってる！　ラッキーッ！」

すると比隣《ひりん》が、へっと鼻で笑った。

「ったく、小賢《こざか》しいルールだな。ま、誰《だれ》が相手だろうと、オレ様1人で圧勝してやるぜ」

その余裕《よゆう》の態度に待ったをかけたのは、唯我《ゆいが》である。

「そんなフラグ立てていいんスか？」

「なんだよ？　まさか相手、あのオリヴィアって剣星《けんせい》じゃねえだろうな。ハッ！　むしろ望むところだぜ！　現役《げんえき》の剣星《けんせい》が予選敗退とか、オレ様の世界デビューにふさわしいシナリオじゃねえか！」

「勝つ気満々なのはいいッスけど、問題は相手じゃないさあ」

「はあ？」

そう言って、やっと自分の端末《たんまつ》で組み合わせ表を見た。

その比隣《ひりん》の顔が、ぎょっと固まる。

ピノも問題のペアを確認《かくにん》して、口元を引きつらせた。

「うわー。ア、アラヤっち、これどうすんの？」

「…………」

さすがの識《しき》も、それには言葉がなかった。

日本トーナメント。

予選第7戦。

Aペア――【阿頼耶識《あらやしき》　&　天涯比隣《てんがいひりん》】。

―幕間―突撃、ラディ様同盟！（一夜の過ち編）―

Hey boy, will you be my apprentice?

百花《ひゃっか》ピノは天才である。

そして生粋《きっすい》の変態であった。

もともと聖剣士《せいけんし》のプロファイリングという名目で、やや行き過ぎた行動を取る困った女である。

それが1年前……聖三《せいさん》へ進学し、阿頼耶識《あらやしき》と出会ったことで劇的な変化を起こしてしまった。

最推《さいお》しであるラディアータ・ウィッシュとの出会い。

その奇跡《きせき》によって推《お》しへの愛は完全にタガが外れ、今では周囲がドン引きするような変態に成り下がっている。

具体的に言えば、女性聖剣士《せいけんし》のバストサイズを確認《かくにん》するために温泉に先回りして待《ま》ち伏《ぶ》せするとか、その着替《きが》えに潜入《せんにゅう》するとか……。

この1年間で、学年に1人はいる「あいつ可愛《かわい》いけど中身がアレだからな……」という地位に落ち着き、もはやその行動を咎《とが》めるものはいない。

これは、そんなアレ（笑）が遭遇《そうぐう》した、とある一夜の過《あやま》ちである。

――日本トーナメント、開会式の夜。


聖三《せいさん》メンバーにあてがわれたのは、県内でも屈指《くっし》の温泉旅館であった。

さすがは日本が誇《ほこ》る聖剣《せいけん》学園……それも日本トーナメントへの出場ともなれば、かなり豪勢《ごうせい》な対応である。

そしてピノにとって奇跡《きせき》的だったのは――その部屋割りであった。

もちろん男女別。

用意されたのは、風情《ふぜい》のある和室の二人部屋。

ここにいる女性陣《じん》は、代表選手のピノと泰然飛鳥《たいぜんあすか》。

そして引率《いんそつ》はラディアータと、生徒会副会長の江雲心愛《こううんここあ》の計4名であった。

温泉旅館に到着《とうちゃく》し、「いい宿だねー」とわいわいやっている間。

人知れず、ピノはぐっと拳《こぶし》を握《にぎ》り締《し》める。

彼女にはある野望があった。

（絶対にラディ様と同じ部屋になる……っ‼）

そうなのである。

この女、さりげなく推《お》しと同じ部屋で夜を過ごし、あわよくばさらに親密になってやろうという魂胆《こんたん》である。

いやガワだけ見れば可愛《かわい》いものだが、その心情が「むふふラディ様とねっとりじっくりあんなことやこんなこと……でも心はなくてもいいの！　わたし身体《からだ》だけの関係でも、あなたが一緒《いっしょ》にいてくれるだけで幸せなの！」みたいな欲望に忠実な妄想《もうそう》が止まらないのだから、もはや救いようがないのだった。

さてそんなピノに、勝負の瞬《しゅんかん》間が訪《おとず》れる。

心愛《ここあ》が荷物を持って、聖三《せいさん》メンバーを見回した。

「日本トーナメントの間の部屋割りだが……」

ラディアータがいい笑顔《えがお》で言った。

「私は少年と同室でいいよ」

「いいわけねーだろ。校外だぞボケ」

校内ならいいというわけでもないが、ラディアータが識《しき》の部屋に入《い》り浸《びた》るのはもはや日常茶《さ》飯事《はんじ》なので誰《だれ》もツッコまなかった。

そこでピノ、ここだとばかりに勇み足を踏《ふ》む。

「ふくかいちょーっ！　うちは――」

意気込んで手を上げようとした瞬間《しゅんかん》。

「ラディアータは百花《ひゃっか》ピノと同室な。男子は3人で大部屋使え」

「……っ⁉⁉⁉」

あまりに自然に降ってわいた幸運に、ピノは心愛《ここあ》に迫《せま》る。

「いいの⁉　なんで⁉」

「うお。顔近ぇーな……」

心愛《ここあ》がドン引きであった。

一団の中にいた、黒髪ロングの気だるげな美少女を見る。

「いや、わーは泰然飛鳥《たいぜんあすか》の見張りしなきゃいけねーだろ。こいつ大会の日でも平気で寝坊《ねぼう》すっからな」

「〜〜〜っ！」

ありがとう、ありがとうチームメイト。

飛鳥《あすか》のズボラな性格に感謝しながら、ピノは喜びの涙《なみだ》を流した。

そして夜。

みんなで食事を終え、早めの就寝《しゅうしん》の流れになった。

二つ並んだ布団《ふとん》に、ピノは大興奮である。

そして「ちょっとコンビニ行ってくるね」と出ていったラディアータを待ちながら……2時間ほどが経過した。

「…………」

おかしい。

ラディアータが戻《もど》ってこない。

1人で布団《ふとん》の上で正座して、ついでに万一の場合に備えてお肌《はだ》のお手入れとか済ませて待っているに……。

そして日付が変わった頃《ころ》、ピノは諦《あきら》めて布団《ふとん》に潜《もぐ》り込んだ。

1人の部屋は……広かった。

（う～っ！　余計に寂《さび》しいよ～っ！）

と、部屋の襖《ふすま》が開く音がした。

ドキッとして身構えると……なぜか布団《ふとん》にラディアータが潜《もぐ》り込んでくる。

「フフッ。ピノさん、ただいま」

「……っ⁉」

三段飛ばしの展開に、ピノは硬直《こうちょく》する。

そんなことはお構いなく、ラディアータが抱《だ》き枕《まくら》よろしく両腕《りょううで》を回してきた。

「きみは温かいね。この時期、まだ夜は寒いよ」

「ら、ラディ様？　もしかしてお酒飲んでる……？」

「ああ、ちょっとね。少年と一緒《いっしょ》に、軽くお店を回ってきたんだ」

なるほど、それで遅《おそ》かったのか。

（も～っ！　せっかく待ってたのに！　一緒《いっしょ》についていけば……うひゃあっ⁉）

もぞもぞと、ラディアータの腕《うで》がピノをまさぐる。

あまりに妄想《もうそう》通りの展開に、ピノは「あ、だ、だめ。いやダメって本気で言ってるわけじゃなくて……」みたいな思春期テンションになってしまう。

（う、うち、本当に大人の階段上っちゃう～っ！）

みたいな感じに1人で盛り上がっていると……。

「フフッ。少年はすごかったな」

「え？　アラヤっち？」

突然《とつぜん》、識《しき》の名前が出てきた。

ラディアータはその何事かを思い返し、うっとりとつぶやいた。

「さっき夜のお店で、すごい大活躍《だいかつやく》してたんだよ」

「夜のお店で大活躍⁉」

「もう出会う人すべてを蕩《とろ》かせちゃって、私もびっくりしたな」

「出会う人すべてを⁉　行きずりで⁉」

ピノの妄想《もうそう》が、急カーブで車線変更《へんこう》した。

どうやら自分が待っている間、2人で夜の都会を大冒険《ぼうけん》（？）してきたらしい。

「出会った頃《ころ》は自分に自信を持てずに泣いていたのに……フフッ。師匠《ししょう》としては誇《ほこ》らしいけど、少しだけ寂《さび》しいね」

「そ、そうなんだ……アラヤっち……今はそんなにすごいんだ……そ、そうだよね……三校交流会のときも『ＲｕＲｕ』と3人ですごかったらしいもんね……」

ピノがドキドキしながら大活躍《だいかつやく》を妄想《もうそう》していると……。

「……あれ？　ラディ様？」

ラディアータは、そのまま穏《おだ》やかな寝息《ねいき》を立てていた。

……待ちぼうけを喰《く》らったピノは、それでも推《お》しに抱《だ》き枕《まくら》にされる幸福を噛《か》み締《し》めながら別室にいる友人へ心の中で叫《さけ》んだ。

（アラヤっち！　涼《すず》しい顔して、なんてやつ～～～～っ！）

――同時刻。

男子部屋に、識《しき》が戻《もど》ってきた。

比隣《ひりん》はすでに爆睡《ばくすい》を決め、唯我《ゆいが》だけが起きてスマホをいじっている。

「唯我《ゆいが》。寝《ね》てなかったのか？」

「オレくん、ショートスリーパーなんで。遅《おそ》くまで起きとかないと、逆に調子出ねえさあ」

そして時計を見て言った。

「てか、遅《おそ》かったッスね。ラディアータとコンビニに行ったんじゃ？」

「ラディアータが王道楽土《おうどうらくど》に教えてもらった飲み屋に行きたいって言いだしたんだ。そこの常連さんたちと意気投合して……」

「あー。そりゃご苦労さんッスね」

「俺のことも知ってたらしくて、ＣＭの決めポーズ何度もさせられた……」

「……うちの親父《おやじ》が変な店教えてすんませんッス」

さらに誤解を深めつつ、決戦前夜は更けていった。

II 王道唯我

Hey boy, will you be my apprentice?

日本トーナメント初日。

朝、識《しき》たちは宿泊《しゅくはく》する旅館から、会場である競技ドームへとバスで移動した。

その間、メンバーには微妙《びみょう》な沈黙《ちんもく》が下りていた。

当然、識《しき》と比隣《ひりん》のせいである。

この2人、予選ペアになっても……むしろペアになったせいか、昨日から一言も口をきいていない。

そもそも普段《ふだん》から、会話が多いコンビではない。

最近は一緒《いっしょ》に訓練をすることはあっても、あくまでピノや唯我《ゆいが》が誘《さそ》っている体である。

よくある会話といえば「おいバカヤシキ」「ふざけんなバカヤシキ」「てめえぶった斬《ぎ》るぞバカヤシキ！」の三つであり、昨日テレビで見たバラエティなんかの話をしたことは一度もないのだ。

普段《ふだん》は進んで突《つ》っかかっていく比隣《ひりん》がだんまりを決め込んでいるせいで、2人の間に会話が消えたということである。

識《しき》が午後からの予選について声をかけても、まったく取り付く島がない。

これではせっかく仲間内でペアになった強みも生かせなかった。

と、そこは精神的に大人な唯我《ゆいが》が助《たす》け舟《ぶね》を出す。

「スカタン。子どもみたいに拗《す》ねてないで、前向きに作戦でも練ったらどうッスか？」

「拗《す》ねてねえ！　そもそも作戦なんかいらねえんだよ。バカヤシキはオレ様の後ろで突《つ》っ立《た》ってろ！」

みたいな感じである。

唯我《ゆいが》が肩《かた》をすくめてお手上げのポーズを取った。

識《しき》は強い決意をもって、比隣《ひりん》へ話しかける。

「比隣《ひりん》が強くなってるのは知ってる。でも、相手は日本でもトップクラスの実績を誇《ほこ》る聖剣士《せいけんし》ばかりだ。さすがに1人で勝つというのは……」

「うるせえ！　てめえのその上から目線が気に入らねえんだよ！」

ガルルルル、と野良犬《のらいぬ》ばりに吠《ほ》えられて、識《しき》はたじろいでしまった。

ピノがこそこそと唯我《ゆいが》に聞いた。

「てか、なんでビリビリボーイ怒《おこ》ってるん？」

「いやいや、これ怒《おこ》ってんじゃねえッス。これまで嫌《きら》いアピールでコミュニケーション取ってきた相手と急に協力しなきゃいけない空気になって、どうやって声かければいいかわかんねえだけさあ」

「ツンデレじゃん」

「ッスね」

比隣《ひりん》が吠《ほ》えた。

「このスカシ野郎《やろう》！　適当なこと言ってんじゃねえぞ！」

「顔、赤ぇッスけど……」

識《しき》が気まずすぎて窓の外に視線を逃《に》がした。

すると前方の席に座っていた心愛《ここあ》が、こちらを振《ふ》り返《かえ》った。

「まあ、聖三《せいさん》としては勝ちゃ文句ねーんだけどな。おめーら、予選の相手はそんな生温《なまぬる》いやつらじゃねーぞ」

識《しき》と比隣《ひりん》が、そろって首を傾《かし》げた。

その態度に心愛《ここあ》はため息をつく。

「おめーら……まあ、いい。百花《ひゃっか》ピノ、おめーが説明してやれ。そいつらには詳しいだろ？」

「はーい！」

ピノが例の伊達《だて》眼鏡を装着する。

後ろの座席から、身体《からだ》を乗り出すようにして識《しき》のスマホをいじった。

その対戦相手の動画を見て、識《しき》は驚《おどろ》いた。

「双子《ふたご》の聖剣士《せいけんし》？」

「その通り！」

端正《たんせい》な顔立ちの好青年が、鏡合わせのようにポーズを取っていた。

どちらも非常に甘い系の容姿をしている。

アイドルのような笑顔《えがお》を振《ふ》りまいており、見るからに女性人気が高そうだ。

「この2人は、日本の若手聖剣士《せいけんし》として有名だね。プロとしてはデビュー4年めだけど、どちらかといえばルックスで稼《かせ》ぐアイドル枠《わく》って感じ？　聖剣《せいけん》学園だと長野校の出身で、今の生徒会長に代替《だいが》わりするまでは2人で学園の運営も仕切ってたんだってさー。この日本トーナメントへの出場は2回め。在学中に学生推薦枠《すいせんわく》を使って1回、卒業してからは満を持しての出場って感じかなー。この年にもなって兄弟仲が異常によくて、兄弟兼《けん》、親友って感じのスタンスなんだよね。好《す》き嫌《きら》いも一緒《いっしょ》で、喧嘩《けんか》するところも見たことないよ。あんまり仲がよすぎて、在学中は2人で1人の女子生徒と付き合ってたことも……」

「ちょ、ちょっと待ってくれ。そのくらいでいい……」

普段《ふだん》から聖剣士《せいけんし》データベースを披露《ひろう》するが、今回はさらに密度が濃《こ》かった。

どっから調べてきたんだという情報の濁流《だくりゅう》もさることながら……識《しき》が気になったのは、その2人の名前である。

【百花《ひゃっか》繚《りょう》 & 百花《ひゃっか》乱《らん》】

ピノがえっへんと薄《うす》い胸を張った。

「なんと、うちのお兄ちゃんたちです！」

「ええー……」

また意外な事実に、識《しき》と比隣《ひりん》が受け止めきれずにげんなりした。

「ピノってお兄さんがいたんだな」

「そだよー。うちが初めてラディ様の試合観《み》に行ったのも、お兄ちゃんたちが行きたいって駄々《だだ》こねたからだしなー」

「お兄さんたちは、フィギュアスケートはやらなかったのか？」

「うーん。やっぱ最初はお父さんたちが仕込んでたけど、すぐ飽《あ》きちゃったみたい。うちに望み懸《か》けてたけど、こんなんなっちゃったからなー」

「ええ……。じゃあ、お父さんたちは怒《おこ》ってるんじゃ……」

ピノは朗《ほが》らかに笑った。

「すぐに妹できたから、そっちを絶対にフィギュアの世界に入れるって意気込んでるね！」

「そ、そうか……」

たくましい性格の正体を見た気がした。

そのピノの兄のプロフィールを確認《かくにん》しながら、識《しき》がつぶやく。

「……プロになってからは、それほど目立った実績を残してるわけじゃないのか？」

「アハハ。アラヤっち、妹の前でズバッと言うねー」

「あ、いや、悪く言ってるつもりじゃなく……」

しかしピノは冗談《じょうだん》のようであった。

「ま、そうなんだよなー。うちのお兄ちゃんたち、学園じゃ人望あったけど、やっぱりプロの世界じゃもう一歩って感じだと思うよ。だからこそ、これまで日本トーナメントに招集《しょうしゅう》されなかったわけだし？」

「でも、今回はされたのか。すごいな」

「うーん。どうなんだろ？」

「え？」

なぜか返事が渋《しぶ》いピノである。

「電話で話したけど、なんか様子が変っていうか？」

「そうなのか？」

「うちらの学生推薦枠《すいせんわく》と違《ちが》って、一般《いっぱん》からの招集《しょうしゅう》ってかなりシビアらしいんだよなー。お兄ちゃんたち、この1年は目立った活躍《かつやく》ないし、なんで選ばれたんだろうって本人たちのほうが不思議そうだったんだよね」

「なるほど。でも選考基準は、直近の実績だけじゃないだろう」

「ま、そうだよね！　とりあえず日本トーナメントに兄妹《きょうだい》勢ぞろいってことで、実家じゃ大《おお》騒《さわ》ぎだったらしいし！」

そんな話をしながら、ちらと比隣《ひりん》の様子を窺《うかが》う。

ぶすっと不機嫌《ふきげん》そうに、窓の外を眺《なが》めているだけであった。

✕✕✕

その頃《ころ》。

日本トーナメント、運営本部。

聖剣《せいけん》協会から派遣《はけん》されたエージェント――レディ・フラッグマンは、険しい表情でいくつもの資料に目を通していた。

張《は》り詰《つ》めた空気が包んでいる。

ソファの向かい側に座る運営委員会の代表が、額の汗《あせ》を拭《ふ》きながら聞いた。

「……あの、何か気になることが？」

怯《おび》えるのは当然である。

各国の国内トーナメントを仕切るのは、それぞれの聖剣《せいけん》協会の支部であった。

となると、監視官《かんしかん》であるフラッグマンは何より丁重《ていちょう》に扱《あつか》わなくてはならない存在である。

それが朝一番、突然《とつぜん》、『今回の日本トーナメントの資料を出せ』と乗り込んできたのだ。

トーナメントの運営だけでも天手古舞《てんてこまい》なのに、余計な大仕事であった。

その渦中《かちゅう》のフラッグマンは、にこりと人好きのする笑顔《えがお》を浮《う》かべる。

昨日の識《しき》たちの前とは違《ちが》い、丁寧《ていねい》な物腰《ものごし》で答えた。

「今回の招集《しょうしゅう》メンバーについて、少々」

「それに関しては、事前に報告をしている通りですが……」

「はい。メンバーは事前報告の通りです。しかし――」

目を落とした先――。

そこには予選第7戦の組み合わせ表があった。

識《しき》と比隣《ひりん》、そしてピノの双子《ふたご》の兄のマッチアップである。

「予選のレギュレーションが『即席《そくせき》ペアによるダブルス』ということを考えると、いささか腑《ふ》に落ちぬことが……いえ、腑に落ちすぎることが」

「……っ⁉」

ぎくり、と代表が顔を強張《こわば》らせた。

その態度に、フラッグマンは小さなため息をつく。

（これほど顔に出やすい男が代表でいいのかな……いや、ボクも助かるけど）

コホンと咳《せき》をして、話を続ける。

「予選の即席《そくせき》ペアと、マッチアップ。これは完全に無作為《むさくい》に作られたという話ですが、第7戦だけ異様に出来過ぎているのが気になります」

「そ、それは運も実力のうちと申しますか。聖剣演武《せいけんえんぶ》においては天を味方につけてこそのスターだという意見もありますので……」

「そうでしょうか。一歩譲《ゆず》って、阿頼耶識《あらやしき》と天涯比隣《てんがいひりん》のペアが偶然《ぐうぜん》と納得《なっとく》するとして……対戦相手のほうもここまで完璧《かんぺき》なペアとなると、少し勘《かん》ぐりたくもなります」

改めて百花繚《ひゃっかりょう》と百花乱《ひゃっからん》のプロフィールを確認《かくにん》する。

問題は経歴や受賞歴などではなく……特記事項《じこう》。

「この2人に関しては、少し特殊《とくしゅ》な性質を持つ聖剣士《せいけんし》だと伺《うかが》っております。それが無作為《むさくい》に選ばれた即席《そくせき》ペアとなり、さらには阿頼耶識《あらやしき》と天涯比隣《てんがいひりん》の対戦相手……」

「で、ですからそれは……」

「そもそも百花繚《ひゃっかりょう》と百花乱《ひゃっからん》の2人は、今年の日本トーナメントの候補に挙がっていなかったはずです。それがなぜ直前でねじ込まれたのでしょう」

「そ、それは聖剣《せいけん》学園、北海道校の理事長の強い推薦《すいせん》がありまして、決して私どもに意図はないものと……あっ」

「……語るに落ちましたか」

長く中身のない問答に、ようやく先が見えた。

フラッグマンの眼光が鋭《するど》くなる。

「北海道校の理事長を使い、この2人を阿頼耶識《あらやしき》と天涯比隣《てんがいひりん》に当てたのは誰《だれ》ですか」

「そ、それは……」

代表が押し切られそうになる寸前。

ドアが開き、スーツ姿の男性が入ってきた。

同じく聖剣《せいけん》協会から派遣《はけん》されたアストロマウントである。

彼はわざとらしい笑《え》みを浮《う》かべ、髭《ひげ》を撫《な》でた。

「おっと、それ以上はいけませんな。レディ・フラッグマン」

「………………」

フラッグマンが白けたまなざしを向ける。

その態度を意に介《かい》さず、アストロマウントは続けた。

「これ以上は、越権行為《えつけんこうい》と見なされますぞ。本部の威光《いこう》を笠《かさ》に着て、ありもしない不正をでっちあげていると訴《うった》えられたらいかがします？」

(どの口が……)

フラッグマンは小さく舌打ちする。

しかしすでに、予選の組み合わせは一般《いっぱん》にも発表されてしまった。

このマッチアップの是非《ぜひ》を検証するには、時間が足りない。

(……あえて繋《つな》がりのない百花繚《ひゃっかりょう》と百花乱《ひゃっからん》を起用することで、こちらが察知することを防いだか。目的の成功率は下がるが、まあ、これが本命ではないだろうからね)

フラッグマンはソファから立ち上がった。

「いいでしょう。予選の組み合わせは無作為《むさくい》の偶然《ぐうぜん》。第三者の介在《かいざい》はありません」

「ご納得《なっとく》いただけて何よりです」

フラッグマンは部屋を出た。

と、廊下《ろうか》に見覚えのある人物がいた。

剣星《けんせい》、オリヴィア・チェルシーである。

「…………」

とはいえ特に会話はなく、フラッグマンが一礼するだけであった。

廊下《ろうか》を歩きながら、昨夜までに集めた情報を整理する。

(保守派の狙《ねら》いは、おそらくアラヤシキの世界進出を阻止《そし》すること……)

その利害の一致《いっち》こそが、オリヴィアが手を組んだ理由であろう。

とはいえ、フラッグマンの感覚では一手足りない。

単に阿頼耶識《あらやしき》の勝利を阻止《そし》したいだけなら、このような中途《ちゅうと》半端《はんぱ》な手段に頼《たよ》るのはアストロマウントらしくないと思っていた。

（後手後手だねえ。相手が慎重《しんちょう》すぎるから、その意図が読み切れない。とにかくアラヤシキは分が悪そうだけど、ボクにしてやれることはないか……）

そこで立ち止まると、フッと口角を上げる。

（……ラディちゃんには悪いけど、この程度で負けるならそれまでの器ってことか）

そう結論付けると、予選に向けて来賓《らいひん》席へと向かった。

✕✕✕

予選、初日。

午前の部、最後の試合。

【百花《ひゃっか》ピノ　＆　百折不撓《ひゃくせつふとう》】

VS

【布衣之交《ふいのまじわり》　＆　知足安分《ちそくあんぶん》】

序盤《じょばん》、ピノのペアは劣勢《れっせい》に立たされる。

原因は二つ。

相手ペアは昨夜に連携《れんけい》を組み立てていたのと、ピノのペアであるプロ聖剣士《せいけんし》が、学生推薦枠《すいせんわく》であるピノを侮《あなど》って足並みを揃《そろ》えようとしなかったことであった。

しかし後半。

鉱物を操作するピノの聖剣《せいけん》〝タイタンフィールド〟により、強引《ごういん》にステージを二分割《ぶんかつ》する荒業《あらわざ》がさく裂《れつ》。

敵の1人を孤立《こりつ》させ、2対1に持ち込んで各個撃破《げきは》する形で勝利を収めた。

学生推薦枠《すいせんわく》の予選突破《とっぱ》は、春風瑠々音《しゅんぷうるるね》や江雲心愛《こううんここあ》の世代から2年ぶりとなる。

……しかし、当の本人はドームに併設《へいせつ》されたフードコートで悶《もだ》えていた。

「あんな勝ち方、美しくない～～～～っ！」

そんなピノを冷めた目で見ながら、心愛《ここあ》が窘《たしな》める。

「バーカ。まず勝利のほうが優先されるに決まってんだろ。負けたやつが美しさとか語っても滑稽《こっけい》なだけだっつーの」

「ぐぬぬー……っ」

そんなピノに対して、識《しき》は苦笑《くしょう》するばかりだった。

「勝ったんだから、いいじゃねえか」

「ッスね。ペアのプロ聖剣士《せいけんし》も、最後はピノさんのこと認めてたさあ」

比隣《ひりん》と唯我《ゆいが》もドライな態度である。

ピノは不貞腐《ふてくさ》れながらうどんをすった。

「てか、ラディ様はー？　うち、ラディ様に感想聞きたいんだけどー」

「ラディアータは、昨日の聖剣《せいけん》協会の人に呼ばれたって言ってどこか行ったな」

そんな感じで昼食をとっていると……。


「ピノ。予選突破《とっぱ》おめでとう」

「まさに風雲児って感じだったな。痺《しび》れたぜ～」

振《ふ》り返《かえ》ると、まったく顔の同じ美男子が立っていた。

もちろん見覚えがある。

ピノの兄である、百花繚《ひゃっかりょう》と百花乱《ひゃっからん》であった。

「お兄ちゃん、見てたの⁉」

「そりゃ僕たちも、午後から試合あるからね。さっきは父さんたちと一緒《いっしょ》に、観客席で応援《おうえん》してたよ。父さんが横断幕作ってたの気づかなかった？」

「ぎゃ～っ！　ダメだって、そんなん美しくないよ～っ！」

あまりの羞恥《しゅうち》に、ピノが激しく吠《ほ》えた。

百花《ひゃっか》兄弟は笑いながら、他のメンバーに目を向ける。

そして識《しき》を目に留《と》めると、不可解そうに眉根《まゆね》を寄せた。

「きみが阿頼耶識《あらやしき》くん？」

「へえ。ピノに聞いてたより、なんというか……」

2人はまったく同じ動作で、しげしげと識《しき》を見回した。

そして同時に、うーんと唸《うな》る。

「普通《ふつう》、だね……」

「普通《ふつう》、だな……」

いったいどんなことを吹《ふ》き込まれているのだろうか。

ピノに視線を向けると、慌《あわ》てて目を逸《そ》らされた。

「……ちなみに、何と？」

百花《ひゃっか》兄弟はしみじみと言った。

「世界のラディアータに聖剣《せいけん》の扱《あつか》い方（意味深）を手取り足取り教わっている秘蔵っ子」

「ついでにその手練手管で、知り合った女性聖剣士《せいけんし》を悉《ことごと》く骨抜《ほねぬ》きにしてるんだろ？」

「さすが世界の頂きを目指すなんて公言してるやつは違《ちが》うねぇ」

「聖剣演武《せいけんえんぶ》で打ち破った女はだいたい夜のほうも圧勝してるって話だ。男として痺《しび》れるぜ」

識《しき》は再び、ピノに視線を向けた。

諸悪の根源は、空になったうどんの器《うつわ》を残していつの間にか消えている。

「あの、ピノの言うことは……」

すると百花《ひやっか》兄弟は声をあげて笑った。

「大丈夫《だいじょうぶ》。ピノの言うことを真面目に聞くわけないさ」

「あいつ思い込み激しいからな」

「そ、そうですか……」

ピノと違《ちが》って常識人のようであった。

識《しき》がホッとしていると、百花《ひやっか》兄弟は笑いながら肩《かた》を叩《たた》いた。

「ま、それよりも午後はよろしくね」

「おれたちもプロだ。学生に負ける気はないぜ」

識《しき》は心が昂《たかぶ》るのを感じた。

相手はプロ。

これまでの学生相手の試合とは違《ちが》うのだ。

それは同時に──ラディアータとの『約束』が現実味を帯びてきた証拠《しょうこ》となる。

「よろしくお願いします」

そう言って握手《あくしゅ》を交《か》わしていると……向こうから軽快な声が聞こえてきた。

「識兄《しき》さあ〜ん！」


この声は……というか、自分のことを「識兄《しき》さん」と呼ぶのは世界で1人だけだ。

案の定、幼馴染の乙女《おとめ》が息を切らせて駆《か》け寄《よ》ってくる。

「識《しき》兄さん！　予選、終わってないよね!?」

「俺は午後からだけど……というか、わざわざ応援《おうえん》に来てくれたのか？」

「当たり前じゃん！　うちの道場の門下生もみんな来てるよ！」

家族どころか関係者総出であった。

さっきのピノではないが、どうも気恥《きは》ずかしい気分である。

「予選の相手、プロなんでしょ？　識《しき》兄さん、負けないでね！」

「そのつもりだ。あ、その対戦相手はこちらの……」

と百花《ひやっか》兄弟を紹介《しょうかい》しようとしたとき。


「「う、美しい……」」


百花《ひやっか》兄弟の声がハモった。

「可憐《かれん》なきみ、僕らと結婚《けっこん》を前提にお付き合いしないかい？」

乙女《おとめ》の手を取った百花《ひゃっか》繚《りょう》が、うっとりとつぶやく。

同時に逆の手を取った百花《ひゃっか》乱《らん》が、甘いマスクで囁《ささや》きかける。

「愛《いと》しいきみ、この出会いは運命だ。おれは痺《しび》れちまったぜ」

……しーんと、場が静まり返る。

唖《あ》然《ぜん》としていた乙女《おとめ》が、慌《あわ》てて識《しき》の背後に隠《かく》れた。

ぞわぞわぞわっと鳥肌《とりはだ》を立てて、必死に袖《そで》を引いて訴《うった》える。

「な、なんなのこの人たち⁉」

「……ピノのお兄さんだからな」

「その一言で納得《なっとく》しろって難易度高すぎでしょ⁉　聖剣《せいけん》学園ってこういうの普《ふ》通《つう》なわけ⁉」

「…………」

「否定しろーっ！」

残念ながらその材料を持ち合わせていなかった。

識《しき》だけではない。

比隣《ひりん》や唯我《ゆいが》、心愛《ここあ》でさえも「まあ、こういうのよくいるしなあ」みたいな微《び》妙《みょう》すぎる沈黙《ちんもく》を守っている。

その間にも、百花《ひゃっか》兄弟はキラキラしたイケメンオーラを放ちながら迫る。

「可憐《かれん》なきみ、どうして逃《に》げるんだい？」

「愛《いと》しいきみ、おれたちが会場を案内するぜ」

「無理無理無理！　この人たち、なんか生理的に無理！」

少なからずショックを受ける百花《ひゃっか》兄弟であった。

識《しき》は口元を引きつらせながら、状況を穏《おだ》やかに落ち着けようと試みる。

「あの、乙女《おとめ》はまだ中学生なので……」

しかし百花《ひゃっか》兄弟、まったく同じタイミングで言い放った。

「「真の愛に、年齢《ねんれい》など関係ないさ！」」

「年齢《ねんれい》は関係なくとも本人の意思は関係あると思います……」

百花《ひゃっか》兄弟が、ふうっと息をつく。

そして同時に聖剣《せいけん》を顕現《けんげん》すると、寸分の狂《くる》いもない動作で切っ先を突《つ》き付《つ》ける。

「なるほど。阿頼耶識《あらやしき》くん。その可憐《かれん》なきみの騎士《きし》というわけだね？」

「こいつは分厚い障害だ。まったく痺《しび》れるぜ」

この展開は……と識《しき》がげんなりしていると、予想通りのことを言い放った。

「「麗《うるわ》しの姫君《ひめぎみ》を懸《か》けて勝負だ!!」」


しん、と静まったフードコート。

識《しき》は頭痛に耐《た》えるかのように眉間《みけん》を押さえていた。

唯我《ゆいが》がずずーっとオレンジジュースを飲みながら、隣《となり》の比隣《ひりん》に言った。

「この展開、ピノさんいたら大喜びだったッスねえ」

「……ケッ」

なぜか周囲から謎《なぞ》の拍手《はくしゅ》が湧《わ》き起《お》こり、熱いイベントが追加されたのだった。

⚔⚔⚔

予選初日、午後の部。

第7戦。

【阿頼耶識《あらやしき》　＆　天涯比隣《てんがいひりん》】

VS

【百花繚《ひゃっかりょう》　＆　百花乱《ひゃっからん》】

観客は満員御礼《おんれい》であった。

もちろん国内最大規模の聖剣演武《せいけんえんぶ》の大会である。

それでも予選の試合でチケットが完売することは珍《めずら》しかった。

当然、百花《ひやつか》兄弟の知名度もあるだろう。

しかし一番の理由は、識《しき》にあった。

競技場に出るための出場ゲート。

女性レポーターが、カメラの前で熱弁していた。

『さあ！　あのラディアータ・ウィッシュの愛弟子《まなでし》として有名な阿頼耶識《あらやしき》くんの予選試合が開始されようとしています！　半年前の三校交流会での華々《はなばな》しいお茶の間デビューも記憶《きおく》に新しい中、これまで二つの国内試合を制してきました！　まだ聖剣《せいけん》学園の1年生でありながら、日本の若手聖剣士《せいけんし》の中では圧倒的《あっとうてき》な支持を誇《ほこ》ります！』

「…………」

えらいな持ち上げられようであった。

ついでにマイクを向けられて、コメントを求められる。

『日本トーナメント招集《しょうしゅう》、おめでとうございます。これまで何度か話題に挙げられてきた、世界グランプリ出場の目標が見えてきましたね。今のお気持ちはどうですか？』

『は、はい。油断せずに頑張《がんば》ります』

『師のラディアータ・ウィッシュはどちらに？』

『あ、ラディアータなら……』

視線の先。

そっちも報道陣《ほうどうじん》に囲まれて、にこにこと愛想《あいそ》を振《ふ》りまいていた。

マイクを向けられて、愛する弟子《でし》についてコメントしている。

『心配？ 何もないよ。もちろん相手はプロの聖剣士《せいけんし》だし、決して楽に勝てる相手じゃない。でも世界で戦えるだけの準備はしてきたし、その実力もあると思っている。変に気負わずに思い切り競技してほしいね』

なんとも師匠《ししょう》らしいまともなことを言っている。

ついでに識《しき》を手招きしているから何事かと思って近づくと……いきなりその額に口づけをかましてきた。

「……っ⁉」

「フフッ。勝利のおまじないだよ」

識《しき》が額を押さえて顔を真っ赤にしていると、周囲でフラッシュが瞬《またた》いた。

テレビ関係者は大満足で、あれやこれやと電話をかけている。

おそらく今晩には、この恥《は》ずかしすぎる黒歴史と共に勝敗がニュースになるのだろう。

「おらバカヤシキ！ 芸能人気取ってねえで、さっさと行くぞ！」

「痛い……っ！」

ペアである比隣《ひりん》に尻《しり》を蹴《け》られ、慌《あわ》てて競技場へと出て行った。

ドオオーッと大地を揺《ゆ》らすような歓声《かんせい》が迎《むか》える。

さすがは国内最大規模の公式大会。

これまで二度の国内試合に参加したが、観客からの圧がそれの比ではなかった。

下手をすれば、これだけで足が竦《すく》みそうなものだが……。

「少年、大丈夫《だいじょうぶ》。きみは十分な経験と努力を積んできた」

「……はい！」

後ろからラディアータにポンと肩《かた》を叩《たた》かれ、識《しき》はまっすぐ顔を上げる。

自分への期待の視線を感じる。

識《しき》への熱いメッセージを込《こ》めた横断幕が張られている。

これまで積み上げてきたものが、ここで試《ため》されることを実感する。

(絶対に負けられない……)

そして比隣《ひりん》は、なぜか満足そうにうなずいていた。

「ヘッ、見てろよ。バカヤシキ。これから、この声援《せいえん》は一変する。てめえの声援《せいえん》を、丸ごとオレ様が掻《か》っ攫《さら》ってやるからよ！」

「比隣《ひりん》。あんまり気負うのは……」

「うるせえ！　無能野郎《やろう》が、オレ様に指図すんな！」

相変わらずの様子に、識《しき》はため息をついた。

そんな2人に、実況《じっきょう》の声が聞こえてくる。

『日本トーナメント、予選第7戦の開始が近づいております。お聞きください、この観客席の声援《せいえん》を！　今年、ラディアータ・ウィッシュの愛弟子《まなでし》として登場した阿頼耶識《あらやしき》くん、彼の世界グランプリへ向けた最初の試練が始まります！』

そしてカメラは、反対のゲートから入場してきた百花《ひゃっか》兄弟に当てられる。

『予選の相手は、タレントとしても活躍《かつやく》する百花《ひゃっか》兄弟のお二人です！　しかも今回、なんと試合前に1人の少女を巡《めぐ》って因縁《いんねん》が勃発《ぼつぱつ》しております！　阿頼耶識《あらやしき》くんはこちらの幼馴染《おさななじみ》——乙女《おとめ》さんを守ることができるのでしょうか⁉』

なぜか実況席《じつきょう》に座らされた乙女《おとめ》に、マイクが向けられた。

『乙女《おとめ》さん。今のお気持ちをお願いします』

『聖剣演武《せいけんえんぶ》のこういうところが本気で嫌《きら》いです』

『辛辣《しんらつ》なのいただきましたあーっ！』

なぜか嬉《うれ》しそうな実況《じっきょう》である。

ついでに観客も大盛り上がりであった。

何度も繰《く》り返《かえ》すが、聖剣演武《せいけんえんぶ》——この手の演出がめっちゃ盛り上がる競技なのだ！

ステージ上には、すでに百花《ひゃっか》兄弟が待ち構えている。

どちらも聖剣《せいけん》を顕現《けんげん》し、万全《ばんぜん》の状態である。

「さあ、阿頼耶識《あらやしき》くん！」

「麗《うるわ》しの姫君《ひめぎみ》を渡《わた》してもらおうか！」

非常にそれっぽいことを言いながら、臨戦態勢に入る。

識《しき》と比隣《ひりん》も、同じように聖剣《せいけん》を顕現《けんげん》した。


両者の間に、緊張《きんちょう》した空気が漂《ただよ》い始める。


すると実況《じっきょう》が、わざとらしくコホンと咳《せき》をした。

『さて選手は揃《そろ》いましたが……おやおや～？　何かが足りない気がしますね～？』

その視線が、識《しき》をじーっと見つめている。

阿頼耶識《あらやしき》サイドの最前列の観客が、こそこそと何かを耳打ちする。

そして女性客が声を合わせ、キャーッと黄色い歓声《かんせい》を送る。

「阿頼耶識《あらやしき》くーん。アレやって～！」

識《しき》がぐっとためらった。

比隣《ひりん》もにやにやしながら煽《あお》ってくる。

「ヘッ。今日はやんねえのかよ？」

「……わかったよ」

聖剣《せいけん》〝無明《むみょう》〟を横向きに両手で掲《かか》げて、跪《ひざまず》くように構える。

「──我が師へ、最上の愛と勝利を捧《ささ》ぐ」

ついでに鞘《さや》に口をつけると、観客席から女性客の黄色い歓声《かんせい》が響《ひび》いた。

比隣《ひりん》が煽《あお》ったくせに、どこか気まずそうに頭を掻《か》いている。

「てめえ、マジでそのキャラでいくつもりか？」

「……ラディアータが飽《あ》きるまでは」

半年前の三校交流会での、こっ恥《ぱ》ずかしい愛してる宣言がテレビで紹介《しょうかい》されて以来。

ラディアータの考案で、この台詞《せりふ》が試合前のルーティンに決められてしまった。

動画投稿《とうこう》サイトでも、これを真似《まね》した若者たちの投稿《とうこう》が相次ぐほどには話題を掻《か》っ攫《さら》っている。

そのラディアータは、控《ひか》えベンチで「うーん……35点かな！」とか笑顔《えがお》で辛辣《しんらつ》な評価を下していた。

さていい感じで会場も温まったところで、実況《じっきょう》が競技開始を宣言する。

『それでは、予選第7戦スタートです！』

×××

日本トーナメント。
予選特別レギュレーション。
即席《そくせき》ペアによるダブルス。
基本ルールは、通常の聖剣演武《せいけんえんぶ》と同様。
相手のどちらか1人の結晶を砕けばその時点で得点となる。
得点は世界基準の『50点先取』。

カウントダウンが始まった。
大型モニターに表示される数字が0になった瞬間《しゅんかん》、比隣《ひりん》が動いた。
「バカヤシキ！　オレ様より前に出るなよ！」
髪《かみ》の毛《け》を抜《ぬ》くと、それを口に咥《くわ》えてぷっと吐《は》き出《だ》す。
それは雷撃《らいげき》をまとい、大鷲《おおわし》のような姿になった。
聖剣《せいけん》〝ケラウノス・スフィア〟。
第一覚醒《かくせい》『雷雲変化《サンダートランス》』。

本来は三叉《みつまた》の鉾《ほこ》の切っ先から天球状に広がる雷撃《らいげき》を、自在に形状変化して操《あやつ》る剣技《けんぎ》。

比隣《ひりん》は聖剣《せいけん》の切っ先を振《ふ》ると、雷《かみなり》の大鷲《おおわし》に命じた。

「やれ」

大鷲《おおわし》が宙を舞《ま》い、百花《ひゃっか》兄弟に向かって滑空《かっくう》する。

同時に比隣《ひりん》は雷撃《らいげき》を自身にまとわせ、超速《ちょうそく》移動によって背後を取ろうと狙《ねら》う。

――しかし大鷲《おおわし》が、さらに巨大な雷撃によって掻《か》き消《け》された。

その雷鳴《らいめい》が轟《とどろ》く中、比隣《ひりん》は超速《ちょうそく》移動によって冷静に結晶《クリスタル》を狙《ねら》う。

――が、それもまた大きく狙《ねら》いを外し空振《からぶ》りに終わる。

「……っ⁉」

比隣《ひりん》は自身の攻撃《こうげき》が失敗したことに動揺《どうよう》した。

(畜生《ちくしょう》！　なんで外し……いや、外されたのかよ！)

一瞬《いっしゅん》だけ身体《からだ》が硬直《こうちょく》した瞬間《しゅんかん》――百花繚《ひゃっかりょう》の聖剣《せいけん》が胸の結晶《クリスタル》に迫《せま》る。

「比隣《ひりん》‼」

切っ先が届く寸前、識《しき》の抜刀《ばっとう》が放たれる。

聖剣《せいけん》〝無明《むみょう》〟による不可視の斬撃《ざんげき》が、百花繚《ひゃっかりょう》の聖剣《せいけん》を弾《はじ》いた。

「比隣《ひりん》、こっちに戻《もど》れ!」

しかし一瞬《いっしゅん》の隙《すき》を作ったはずの識《しき》に、比隣《ひりん》は怒鳴《どな》った。

「うるせえ! バカヤシキは黙《だま》ってろ!」

「そんなこと言ってる場合——」

と、その口喧嘩《くちげんか》の隙《すき》を突《つ》いて——今度は百花乱《ひゃっからん》の聖剣《せいけん》が比隣《ひりん》の結晶《クリスタル》を叩《たた》き割《わ》った。

得点のブザーが鳴った。

『先制点は百花《ひゃっか》兄弟! さすがは日本聖剣《せいけん》界きってのベストコンビ! 学生相手に遅《おく》れは取らぬと、阿吽《あうん》の呼吸で一撃《いちげき》を決めたあーっ!』

実況《じっきょう》が興奮気味に語る隣《となり》で、乙女《おとめ》がハラハラしながら見ている。

ステージ上では、百花《ひゃっか》兄弟がまったく同じ動作で識《しき》たちを指さした。

「こらこら。ダブルスなんだから仲良くしなきゃダメじゃないか」

「まったくだ。もっと痺《しび》れさせてくれよ」

百花繚《ひやっかりよう》&百花乱《ひやっからん》。

聖剣《せいけん》〝風神《ふうじん》〟&聖剣《せいけん》〝雷神《らいじん》〟。

小型の錫杖《しやくじよう》に近い、まったく同じ形状の一対《つい》の聖剣《せいけん》。

能力は極《きわ》めてシンプル。

片方は風を操《あやつ》り、片方は雷撃《らいげき》を放つ。

比隣《ひりん》のような緻密《ちみつ》な操作は苦手だが、それゆえ攻撃《こうげき》の出力が大きいのが特徴《とくちよう》であった。


比隣《ひりん》は舌打ちする。

「くそが！　聖剣《せいけん》の能力、被《かぶ》ってんじゃねえぞ！」

先ほどの一戦。

何が起こったのかを、覚醒《かくせい》『知覚拡張』によって冷静に察していた。

まず雷撃《らいげき》の大鷲《おおわし》……これは百花乱《ひやっからん》の聖剣《せいけん》〝雷神《らいじん》〟によって押し負ける。

もともと陽動目的の剣技《けんぎ》だったので、それ自体は問題なかった。

問題はそのあと……百花繚《ひやっかりよう》の聖剣《せいけん》〝風神《ふうじん》〟による突風攻撃である。

比隣《ひりん》の超速《ちようそく》移動の弱点——その速度が速すぎるために、走行中は非常に些細《ささい》な圧力でも容易《たやす》く進路を逸《そ》らされるのだ。

早い話、比隣《ひりん》の進行方向を読まれ、そこに気流の壁《かべ》を作られた。

結果、超《ちよう》速《そく》移動の到達点《とうたつ》を逸《そ》らされたのである。

そのことを識《しき》も悟《さと》り、何とか打開策を練ろうと声をかけた。

「比隣《ひりん》。あの2人は、俺たちの攻撃《こうげき》を研究している。1人じゃ無理だ」

「……っ!?」

協力を持《も》ち掛《か》ける識《しき》の行動は、むしろ当然である。

しかしその言い方が悪かった。

もともと識《しき》に負けっぱなしの比隣《ひりん》に対し、それでは神経を逆なでするだけである。

「うるせえ！　1回、失敗したくらいで負けると決まってねえだろ！」

「いや、そういう意味じゃなくて……」

「てめえの指図なんか受けるか！」

「………………」

識《しき》がミスを悟《さと》ったときには遅《おそ》かった。

競技再開のブザーが鳴り、比隣《ひりん》が再び第一覚醒《かくせい》『雷雲変化《サンダートランス》』と超《ちよう》速《そく》移動による時間差攻撃《こうげき》を仕掛《しか》ける。

（ふざけんな！　オレ様があんなやつに心配されてたまるかよ！）

完全に頭に血が上っている。

それを普段《ふだん》から窘《たしな》めてくれる唯我《ゆいが》はいなかった。

……とはいえ、比隣《ひりん》も考えなしに二撃《にげき》めを仕掛《しか》けているわけではない。

(あいつらの聖剣《せいけん》の能力は把握《はあく》した！)

百花繚《ひやつかりよう》が比隣《ひりん》本体に対応。

百花乱《ひやつからん》が剣技《けんぎ》『雷雲変化《サンダートランス》』に対応。

そのパターンさえ崩《くず》すことができれば、比隣《ひりん》1人でも勝機はあるという計算である。

つまり先ほどとは逆の相手を狙《ねら》えばいい。

狙《ねら》うは聖剣《せいけん》〝雷神《らいじん》〟を持つ百花乱《ひやつからん》。

彼の身体《からだ》を盾《たて》にして、聖剣《せいけん》〝風神《ふうじん》〟の気流の壁《かべ》を妨《さまた》げようという魂胆《こんたん》であった。

その狙《ねら》いは効果的である。


——しかし相手が百花兄弟でなければ、の話ではあるが。


百花乱《ひやつからん》が、にやりと笑った。

「その対応の速さには痺《しび》れるが、ときにはクールになるのも大事だな！」

比隣《ひりん》の意図を読み、聖剣《せいけん》〝雷神《らいじん》〟を振《ふ》るう。

その狙《ねら》いは、自身の背後――比隣《ひりん》の超速移動《ちょうそく》の先に、突風が噴き出した。

「……っ⁉」

予想外の攻撃《こうげき》に、比隣《ひりん》の対応が遅《おく》れる。

風をもろに喰《く》らって、後方へと吹き飛《と》んだ。

そして――百花繚《ひゃっかりょう》の聖剣〝風神〟から放たれた雷撃によって、結晶《クリスタル》を叩《たた》き砕《くだ》かれる。


得点のブザーが鳴った。


実況《じっきょう》が興奮気味に叫《さけ》んだ。

『決まったあーっ！　これぞ百花《ひゃっか》兄弟の真骨頂！　本来の聖剣演武《せいけんえんぶ》のレギュレーションでは絶対に見られない両聖剣《せいけん》による同調攻撃《シンクロ》です！』

百花《ひゃっか》兄弟のサポーターが沸《わ》いている。

その様子を観客席で見ているのは、唯我《ゆいが》とピノであった。

「……ピノさん。あれ、なんスか？」

「うちのお兄ちゃんたち、ちょい聖剣《せいけん》が特殊《とくしゅ》なんだよなー。なんか聖剣《せいけん》の回路《バス》みたいなのが繋《つな》がってるっていうの？　お互《たが》いが近くにいるとき限定だけど、どっちの聖剣《せいけん》でも突風と雷撃の両方が使えるんだよねー」

前の席に座っていた心愛《ここあ》が、ぶっと噴《ふ》き出《だ》した。

「マジか⁉　おめー、それを早く言え！　たっぷらかすぞ！」

「お、怒《おこ》んないでよ～……。うちだって数えるくらいしか見たことないんだしさー。だって普《ふ》通《つう》の聖剣演武《せいけんえんぶ》だと、1対1じゃん？」

「～～～っ⁉」

心愛《ここあ》が頭を抱《かか》えた。

「副会長さん。こりゃ、まずいッスね……」

「まずいなんて話じゃねーよ。あの2人の聖剣《せいけん》は、シンプルなパワー型だ。それが逆に弱点でもあるわけだが……刹那《せつな》の判断がものをいう試合中に、どっちが撃ってくるかわからないって心理攻撃《こうげき》が加わるだけでも効果は絶大だ。その上、あいつらのコンビネーションはかなりの精度で仕上がっている。即興《そっきょう》で読むのは至難の業《わざ》だろーよ」

それに……と今度は識《しき》と比隣《ひりん》に目を向ける。

案の定、2人はこの状況《じょうきょう》においても協力する気配がない。

完全に歯車がズレているようであった。

「……あの2人はダメかもな」

深刻そうに漏《も》れた言葉に、唯我《ゆいが》とピノも唖然《あぜん》としていた。

ステージ近くの控《ひか》え席で、ラディアータは事の成り行きを見守っていた。

（……この予選のレギュレーション。まるで百花《ひゃっか》兄弟のために用意されたようだね）

聖剣演武《せいけんえんぶ》では珍《めずら》しいダブルス。

おそらくは日本で最もこの戦いに向いていると思われる百花《ひゃっか》兄弟の招集《しょうしゅう》。

対して水と油の関係である、識《しき》と比隣《ひりん》のペア。

（やられたな。フーちゃんが気をつけろって言ってたけど、まさかこんな強引《ごういん》な手段を講じるなんて……）

これが偶然《ぐうぜん》でなければ……いや、そもそも偶然《ぐうぜん》で起こりうるものだろうか。

ない、とは言い切れない。

1年以上前の自分と識《しき》の再会だって、世間的に見れば奇跡《きせき》のようなものだ。

だが、これもそうだというのは肯定《こうてい》しかねる。

あまりに条件ができすぎているし、何よりもここにはそれができる存在がいる。

（保守派……アストロマウントの狙《ねら》いはなんだ？　いや、間違《まちが》いなく少年の世界進出を止めようとしているんだろうけど、ここまで強引《ごういん》にする理由がわからない）

確かに世界最強の剣星《けんせい》たる自分の愛弟子《まなでし》、というだけで目立つのはわかる。成長も著《いちじる》しい。

日本国内でも着々と実績を残し、この日本トーナメントにも招集《しょうしゅう》された。

だが世界レベルで見れば、まだまだ未熟な新星。

次の世界グランプリで頂きを獲《と》る、というのを本気で信じているのは、自分くらいのものだろう。

(単純に私のことが気に喰《く》わない……というのもあり得る)

世界の頂きにいる『剣星二十一輝《オールブライト》』。

そのすべてが同じ方向を向いているわけではない。

聖剣《せいけん》協会では保守派と革新派に分かれ、それぞれの陣営に剣星《けんせい》を引き入れて勢力を競《きそ》っているという話も聞く。

自分はどちらかといえば革新派と親交が深いし、それを保守派が快く思っていないのも知っていた。

(こういうときは王道《おうどう》に聞くのが手っ取り早いけど……あの人、今は地球の裏側で大会に出場してるんだっけ？　少なくとも、この試合中にすることじゃないな)

さて、とステージ上を見る。

識《しき》と比隣《ひりん》の間に漂《ただよ》う空気は最悪であった。

そのまま試合は進み、後半戦へと入っていく。

さすがにタイムアウトの使いどころだが……と考えていると、その視線の先で変化が起こった。

「……へえ」

会場がどよめく中、ラディアータは1人で苦笑《くしょう》していた。

×××

劣勢《れっせい》。

シンプルに状況《じょうきょう》を表現するなら、それであった。

比隣《ひりん》が突撃《とつげき》する。

識《しき》が遠隔斬撃《えんかくざんげき》で援護《えんご》するも、比隣《ひりん》の意図が読めない以上は満足に機能しない。

頭に血が上った比隣《ひりん》の攻撃《こうげき》も単調となり、さらに泥沼《どろぬま》にはまっていく。

極《きわ》めて行き当たりばったりな状況《じょうきょう》である。

スコアは12―35。

実況《じっきょう》がカメラに向かって興奮気味に叫《さけ》ぶ。

『百花《ひゃっか》兄弟が優勢のまま、後半戦に突入《とつにゅう》です！　当代の聖剣《せいけん》学園では最強と噂《うわさ》される阿頼耶《あらや》識《しき》ですが、やはりプロの壁《かべ》は高いのか⁉　ペアである天涯比隣《てんがいひりん》とは同じ学園の同士ということですが、先ほどからまったく歩調が合っていません！』

幼馴染《おさななじみ》の乙女《おとめ》は、ハラハラしながら見守っていた。

「あ～も～。識《しき》兄さん、頑張《がんば》ってよ～……」

その声が届くはずもないが。

ステージ上の識《しき》は、聖剣《せいけん》〝無明《むみょう》〟を構えて百花《ひゃっか》兄弟を観察していた。

互《たが》いの聖剣《せいけん》の能力を行使できる特殊《とくしゅ》なスタイル。

まったく隙《すき》のない連携《れんけい》。

決して相手を侮《あなど》らない精神性。

さすがはプロといったところか。

これにペアで打ち勝てる聖剣士《せいけんし》は、おそらく日本には存在しないだろう。

（でも、勝たなきゃいけない……）

ラディアータとの『約束』は、もう手の届くところにある。

こんなところで躓《つまず》くわけにはいかない。

そのためには——。

「比隣《ひりん》。もう余裕《よゆう》がない。こっちも息を合わせよう。付《つ》け焼刃《やきば》でもいいから、何か作戦を使って牙城《がじょう》を崩《くず》す」

しかし比隣《ひりん》は、苛立《いらだ》たしげに否定した。

「バカか！　てめえと協力なんかするかよ！」

「でも、このままじゃ負ける」

比隣《ひりん》はハッと鼻で笑う。

「いいんじゃねえか？　てめえと協力するくらいなら、負けたほうがマシだ。別に日本トーナメントは今年だけじゃねえしな。また来年でも……」

「……っ⁉」

思わず、識《しき》はその胸倉《むなぐら》をつかんだ。

「な、なんだよ……」

珍《めずら》しく、怒《いか》りを露《あらわ》に叫《さけ》ぶ。

「じゃあ、1人で負けてろ！」

「……っ⁉」

比隣《ひりん》がぎょっとした。

識《しき》はその身体《からだ》をステージへと突《つ》き飛《と》ばす。

「もう手を出すな。俺は1人でも勝つ」

そして聖剣《せいけん》〝無明《むみょう》〟を構えて、定位置へと戻《もど》った。

「あの入学試験のときから、おまえのことはよく思ってなかった。才能を鼻にかけて、周りを見下している態度が嫌《きら》いだった。入学してからも変わらないし、他の生徒たちのことも平気で馬鹿にする……」

一度だけ、比隣《ひりん》を振《ふ》り返《かえ》った。

「でも『相手が誰《だれ》だろうがぶった斬《ぎ》る』っていう気概《きがい》は好きだった。本気で頂きを目指すのは俺1人じゃないって思ってたよ」

背中を向ける。

「俺と組まされるだけで、なくなるような軽い信念だったんだな」

「……っ⁉」

比隣《ひりん》はその背中を睨《にら》みつけた。

ぐっと聖剣《せいけん》を握《にぎ》りしめ、立ち上がる。

競技再開のブザーが鳴った。

識《しき》が聖剣《せいけん》〝無明《むみょう》〟を構え、先制の遠隔斬撃《えんかくざんげき》を放とうとした瞬間《しゅんかん》。

――その胸を、背後から比隣《ひりん》の聖剣《せいけん》が貫《つらぬ》いた。

「……っ⁉」

識《しき》の結晶《クリスタル》が砕《くだ》け散《ち》り、百花《ひゃっか》兄弟の得点となる。

予想外の出来事に、会場が騒然《そうぜん》となった。

実況《じっきょう》が慌《あわ》ててマイクで叫《さけ》んだ。

『あーっ！　自殺点です！　天涯比隣《てんがいひりん》の聖剣《せいけん》が、阿頼耶識《あらやしき》の結晶《クリスタル》を砕《くだ》きました！　何が起こったのでしょうか！　直前で何やら揉《も》めていたようですが……』

隣《となり》の乙女《おとめ》も、口をパクパクさせている。

おそらく日本トーナメントで、初めての珍事《ちんじ》であろう。

観客席の反応は二つに分かれた。

阿頼耶識《あらやしき》サイドからはブーイング、百花《ひゃっか》兄弟サイドは勝ち確の歓声《かんせい》である。

どちらにせよ大きな騒《さわ》ぎとなった。

観客席にいる聖三《せいさん》メンバーの周辺でも「これだから学生は！」とか「阿頼耶識《あらやしき》くんかわいそー」なんて声が聞こえる。

ピノがあわわわ……と唯我《ゆいが》の肩《かた》を揺《ゆ》すりまくっていた。

「やばいじゃん！　ビリビリボーイ、何してんの⁉」

「ぴ、ピノさん、きついッス。あんま揺《ゆ》らさないで……」

唯我《ゆいが》がグロッキーになる直前で止まった。

それでもピノは完全にテンパっている。

「てか、今のは完全にビリビリボーイが悪いでしょ⁉　いくらうまくいかないからって、アラヤっちに当たるのはダメじゃん！」

「いやあ、そういうんじゃないと思うッスけど」

「……え？　どゆこと？」

その前の席にいる心愛《ここあ》も、にやにやしながら見守っている。

「あいつ、マジで素直《すなお》じゃねーな」

ピノだけが、不思議そうに首をかしげていた。

⚔⚔⚔

ステージ上。

百花《ひゃっか》兄弟は、突然《とつぜん》の仲間割れにため息をついていた。

「……学生だし、しょうがないけどね」

「兄貴。同情するのはいいけど、手を抜《ぬ》いたら駄目《だめ》だぜ」

「わかってる。僕たちはプロだ。今回の日本トーナメントでは絶対に結果を残す」

「さすがおれの兄貴だ。痺《しび》れるぜ」

識《しき》と比隣《ひりん》のコンビには、目立った動きはなかった。

てっきり再び揉《も》めるかと思ったが……まあ、あんなことをされれば、さすがに愛想《あいそ》が尽《つ》きるというものだろう。

「相手はすでに戦意を喪失《そうしつ》している」

「せめて早めに終わらせてやろう」

百花《ひゃっか》兄弟は聖剣《せいけん》を構えた。


――そして競技再開のブザーが鳴った。


識《しき》の遠隔斬撃《えんかくざんげき》か。

比隣《ひりん》の雷撃《らいげき》による陽動か。

一瞬《いっしゅん》の隙《すき》さえ見逃《みのが》さない――と思った刹那《せつな》。

識《しき》と比隣《ひりん》の姿が、忽然《こつぜん》と消えた。

「「……っ⁉」」

一瞬《いっしゅん》の出来事――しかし、さすがは日本トップの一角。

百花繚《ひゃっかりょう》は自分の背後に出現した気配に、反射的に対応した。

識《しき》である。

これは遠隔斬撃《えんかくざんげき》を利用した瞬間《しゅんかん》移動ではない。

抜刀《ばっとう》の兆候もなく、一瞬《いっしゅん》で自分たちの背後を取った。

(阿頼耶識《あらやしき》くんに、こんな能力があったのか⁉)

(いや、兄貴！　これは――っ！)

とっさに聖剣《せいけん》〝風神《ふうじん》〟による防御壁《ぼうぎょへき》を放つ。

それは識《しき》のゼロ距離《きょり》からの抜刀《ばっとう》を押し返し、すんでのところで結晶《クリスタル》を守った。


――が。


そのときすでに、百花乱《ひゃっからん》の背後に比隣《ひりん》の鉾《ほこ》が迫《せま》っていた。

「「しま……っ⁉」」

百花乱《ひゃっからん》の結晶《クリスタル》が砕《くだ》け散《ち》った。

識《しき》&比隣《ひりん》ペアの得点に、ブザーが鳴る。

ブーイングから一転、阿頼耶識《あらやしき》サイドから歓声《かんせい》が起こった。

百花《ひゃっか》兄弟が、呆然《ぼうぜん》と識《しき》たちを見つめる。

「い、いったい何が……」

「兄貴。よく見ろ」

視線は、識《しき》に向いていた。

その髪《かみ》が逆立ち、パチッと電気を弾《はじ》いていたのだ。

比隣《ひりん》の聖剣《せいけん》〝ケラウノス・スフィア〟による帯電である。

結晶《クリスタル》が反応しないギリギリの電気を通し、身体《しんたい》を強化する荒業《あらわざ》。

それを先ほどの自殺点で、識《しき》の身体《からだ》に施《ほどこ》していた。

比隣《ひりん》が声を上げて笑った。

「知らねえぞ、バヤカシキ。これやった後は肩《かた》が凝《こ》るからなあ！」

「肩《かた》が凝《こ》るというか、比隣《ひりん》は筋肉痛で3日は動けなかったんじゃ……」

「うるせえ！　反動がくる前に、さっさと終わらせんぞ！」

そして百花《ひゃっか》兄弟に向かって聖剣《せいけん》を構える。

「楽しませてくれよ、プロ聖剣士《せいけんし》ぃ！」

「……っ！」

百花《ひゃっか》兄弟は、にやりと笑う。

「若人《わこうど》の闘志《とうし》に火をつけちゃったね」

「痺《しび》れる展開だぜ」

競技再開のブザーが鳴った。

識《しき》が再び超 速《ちょうそく》移動で背後を獲《と》りにくる。

それに反応して、聖剣《せいけん》〝風神《ふうじん》〟の気流の壁《かべ》を展開。


――が、比隣《ひりん》の超 速《ちょうそく》移動によって先に結晶《クリスタル》を砕《くだ》かれる。


(頭ではわかっているのに……っ！)

(反応が追い付かねえ……っ！)

百花《ひゃっか》兄弟が劣勢《れっせい》に陥《おちい》る。

それに対し、比隣《ひりん》が得意げに指さした。

「読めてきたぜ！　てめえらの聖剣《せいけん》は互《たが》いの能力を交換《こうかん》できるが、同、時、に、同、じ、能、力、を、使、う、ことはできねえ、、『聖剣《せいけん》は1人につき一つ』のルールが守られるわけだ！」

「……よくわかったね」

百花乱《ひゃっからん》に指を向ける。

「そして、てめえの聖剣《せいけん》〝雷神《らいじん》〟は、防御《ぼうぎょ》には向かねえ！　出力がでかい分、近距離《きんきょり》の相手に撃《う》つと自殺点になる可能性が高いわけだ！　実質、防御《ぼうぎょ》は聖剣《せいけん》〝風神《ふうじん》〟だけ。オレ様の二連撃《にれんげき》には対処できねえよなあ！」

「……バレバレだな」

しかし識《しき》が不満そうであった。

「俺たちの二連撃《にれんげき》だろ」

「うるせえ。オレ様の能力でやってんだから、オレ様の手柄《てがら》に決まってんだろ」

この2ターンで、優劣《ゆうれつ》が逆転した。

識《しき》と比隣《ひりん》が別々に攻撃《こうげき》を仕掛《しか》けてくるなら、対処のしようはある。

しかしここまで息の合ったコンビネーションを仕掛《しか》けてくるとなると――百花《ひゃっか》兄弟に初めて動揺《どうよう》が生まれる。

「でも、僕たちもプロなんでね」

「サポーターの前で、簡単にはやられねえぜ」

競技再開のブザーが鳴った。

百花《ひゃっか》兄弟が先に動いた。


互《たが》いの聖剣《せいけん》を交差し、その能力を最大出力で開放する。

聖剣《せいけん》〝風神《ふうじん》〟の竜巻《たつまき》と、聖剣《せいけん》〝雷神《らいじん》〟の雷撃《らいげき》。

その二つが嵐《あらし》になり、2人の周囲で渦巻《うずま》いた。

「これできみたちの攻撃《こうげき》は通じない！」

「まあ、俺たちも動けなくなるって欠点があるけどな！」

高密度の風圧と雷撃《らいげき》が、攻撃《こうげき》を阻《はば》む。

下手に近づけば、一瞬《いっしゅん》で巻き込まれて結晶《クリスタル》を砕《くだ》かれるだろう。

本来の聖剣演武《せいけんえんぶ》では見られない派手な奥義《おうぎ》に、百花《ひゃっか》兄弟のサポーターたちがこれ以上ないくらいに沸《わ》いている。

実況《じっきょう》が興奮気味に叫《さけ》んだ。

『これはダイナミックな混合技《わざ》が炸裂《さくれつ》したあーっ！　対する阿頼耶識《あらやしき》&天涯比隣《てんがいひりん》、これにはさすがに手が出な――』

その瞬間《しゅんかん》……。

吹《ふ》き荒《すさ》ぶ嵐《あらし》が——真っ二つに切《き》り裂《さ》かれた。

切断された嵐《あらし》が、時空に取り込まれるかの如《ごと》く捻《ね》じれ搔《か》き消《き》える。

その後には、気持ちのいいそよ風が残った。

「…………」

「…………」

会場中が沈黙《ちんもく》に包まれた。

その中で、識《しき》は静かに抜刀《ばっとう》した聖剣《せいけん》〝無《む》明《みよう》〟を鞘《さや》に納める。

聖剣《せいけん》〝無《む》明《みよう》〟。

その能力は『空間圧縮』。

物質以外のものは、まとめてその刀に喰《く》われる運命となる。

それは神の名を冠《かん》する嵐《あらし》とて同じことであった。

「比隣《ひりん》。頼《たの》んだ」

その言葉に、百花《ひやつか》兄弟がハッと振《ふ》り返《かえ》る。

しかし遅《おそ》い。

すでに雷撃《らいげき》を纏《まと》った比隣《ひりん》が、聖剣《せいけん》を構えていた。

「命令すんなバカヤシキ！」

八つ当たりのように放たれた一撃《いちげき》が、百花《ひやっか》兄弟の結晶《クリスタル》を同時に叩《たた》き砕《くだ》く。


得点のブザーが鳴った。


結果。

最終スコア50―39。

阿頼耶識《あらやしき》、天涯比隣《てんがいひりん》の本戦出場が決定した。

✕✕✕

予選初日、夜。

聖三《せいさん》メンバーが利用する旅館の、大広間である。

豪華《ごうか》な夕食もそこそこに、そこには呻《うめ》き声が響《ひび》いていた。

「いだだだだ……っ⁉」

「〜〜〜っ⁉」

識《しき》と比隣《ひりん》であった。

俯せに並べられた2人は、ラディアータと心愛《ここあ》によるマッサージを受けていた。

「これは思ったより重いね……」

「ったく、なんで天涯比隣《てんがいひりん》まで筋肉痛になってんだよ。本戦までに治らなかったらどうすんだ？」

「フフッ。少年とのデュオに、つい熱くなっちゃったのかな？」

「あーね。このツンデレが！」

同時にツボを押され、識《しき》と比隣《ひりん》が呻《うめ》いた。

夕食のすき焼きを口に運びながら、ピノと唯我《ゆいが》が苦笑《くしょう》していた。

「せっかく全員で本戦進出したのに、決まらないなー」

「仕方ねぇッスよ。実際、予選での百花《ひゃっか》兄弟は飛《と》び抜《ぬ》けてた。アレに勝つには、けっこうマジにならないと無理だったさあ」

「お？　うちのお兄ちゃんたちにおべっか使うなんて珍《めずら》しいじゃーん」

「いやいや、普通《ふつう》にあのコンビネーションはおかしいッスよ。予選のくじ引きでも操作されてたんじゃないッスか？」

何気ない会話に、ラディアータと心愛《ここあ》がぴくりと反応する。

「……ラディアータ。実際、どうなんだ？」

「うーん……ない、とは言い切れないけど。まあ、競技中に何か仕掛《しか》けられてるわけじゃないからね。本戦は通常のレギュレーションだし、こういう極端《きょくたん》なマッチングはないと思うよ」

「いやいや。何をのんびり構えてんだ？　その何かをされてからじゃ遅《おそ》いだろーが」

「フフッ。心配するのはわかるけどね。でも安心してほしい。ここにあの人がいる限り、ルール外での妨害《ぼうがい》は不可能だよ」

「あの人？」

すると狙《ねら》ったようなタイミングで、大広間の襖《ふすま》が開いた。

和風旅館に似つかわしくない、黒いパンツスーツの麗人《れいじん》が笑顔《えがお》で入ってくる。

「やあ、みなさん。本戦出場おめでとう。まさか学生推薦枠《すいせんわく》の全員が予選突破《とっぱ》するなんて、別府校の将来が楽しみだよ」

レディ・フラッグマンであった。

朗《ほが》らかに笑いながら、動けなくなっている識《しき》に手を振《ふ》る。

「ハロー、アラヤシキ。ラディちゃんからマッサージされるなんて羨《うらや》ましいな〜。そこを代わりたまえよ」

「ダメだよ。師匠《ししょう》に身体《からだ》をまさぐられるのは、弟子《でし》の特権だからね」

「過保護だな〜。アラヤシキに恋人《こいびと》ができたらどうするの？」

「うーん、そうだね。師匠《ししょう》の特権として、ついでにその座ももらっちゃおうかな」

「それは妙案《みょうあん》だ。その際は、ぜひボクも愛人枠《わく》で混ぜてくれたまえよ」

「誰《だれ》かこの2人の会話を止めてください……」

とんでもない筋肉痛に苛《さい》まれて、ツッコみもままならない識《しき》であった。

そんな識《しき》と比隣《ひりん》を見かねて、フラッグマンが提案する。

「それじゃあ、ボクが助けてあげよう」

「え？」

するとラディアータが、驚《おどろ》いた様子で聞いた。

「特定の選手に肩入《かたい》れするのはよくないんじゃないの？」

「いやあ、そうも言ってられない事情があってね」

そう言って、フラッグマンが手を掲《かか》げた。

眩《まばゆ》い光が発生し、そこに一振《ふ》りの聖剣《せいけん》が顕現《けんげん》する。

戦旗、である。

槍《やり》のような形状の聖剣《せいけん》に、不思議な文様の描《えが》かれた旗が揺《ゆ》れていた。

そしてフラッグマンはその先端《せんたん》を、識《しき》の背中に突《つ》き立《た》てた！

「ぐはあ……っ！」

「男の子だろ、大人しくしていたまえよ」

識《しき》が困惑《こんわく》して師を見上げると、にこりと微笑《ほほえ》んでうなずくだけであった。

「それじゃあ、いくよ。ちょっと熱いから気を付けて」

「は、はあ……熱っ⁉」

その先端《せんたん》が明るく輝《かがや》き、同時に高熱が発生する。

黙《だま》って耐《た》えていると……効果がすぐに表れてきた。

「……あれ？　なんか痛みが引いてきたような」

「そんな気がするだけさ。ちゃんと効果が出るには、少し時間がかかるよ。そのまま動かないでくれたまえ」


聖剣《せいけん》〝ジャンヌ・ダルク〟。

レディ・フラッグマンの持つ、聖女の名を冠《かん》した聖剣《せいけん》。

その能力は――。


「一言でいえば『活性化』。この光の範囲《はんい》内にいる人を、ちょっと元気にする能力なんだ」

「ちょっと元気に……？」

「治癒《ちゆ》なんて大層なものじゃなく、元気にするだけさ。ただし新陳代謝《しんちんたいしゃ》も活発になって血行もよくなるから、筋肉痛には効果抜群《ばつぐん》だ。泣いて感謝したまえよ」

「あ、ありがとうございます……」

フラッグマンがカラカラ笑った。

「昔はプロ聖剣士《せいけんし》を志してたんだけど、聖剣《せいけん》が戦闘《せんとう》向きじゃないから裏方に回ったんだ。そういう意味だと、アラヤシキと境遇《きょうぐう》が近いかもね」

やがて先端《せんたん》の光が消えた。

識《しき》は起き上がり、身体《からだ》を動かしてみる。

「すごい。身体《からだ》が軽くなった……」

「油断は禁物だ。今は効果が残っているから治ったように感じるけど、しばらくしたらまた痛みが戻《もど》ってくる。明日の夜もやってあげるから、ちゃんと宿にいたまえ」

「はい。ありがとうございます！」

フラッグマンは、比隣《ひりん》のほうにも聖剣《せいけん》の能力を行使する。

その間、ラディアータが言った。

「こんなに露骨《ろこつ》に参加者に肩入《かたい》れするなんて、フーちゃんらしくないね」

「まあね。本来はこんなサービスしてあげないよ。これは運営の不始末の尻《しり》ぬぐいをしているだけさ」

「……ということは、やはり予選の組み合わせは意図的なものだったんだね」

その場の全員がハッとする。

特に心愛《ここあ》が、忌々《いまいま》しげに問《と》い詰《つ》めにかかった。

「おい。おめーは不正をただすためにいるんじゃねーのか？」

「本当に申し訳ない。言い訳になるけど、これはルールの範囲《はんい》内だからボクも手を出しづらいのさ。向こうだって馬鹿じゃないんだよ」

「だからって、うちの代表だけ狙《ねら》い撃《う》ちってのはおかしいだろ！」

「アハハ。きみのことは選手時代から知っているけど、療養に入ってから妙《みょう》に神経質になったね」

「んだとコラーッ！　おめー、協会の人間でもたっぴらかすぞ！」

フラッグマンは肩《かた》をすくめる。

そして涼《すず》しい顔で言った。

「結果がすべて――それこそ聖剣演武《せいけんえんぶ》の美学。どんな闘いであれ、負けるならそれまでの男だということだよ。それともこれから海外の大会で負けるたび、きみは組み合わせが悪かったと騒《さわ》ぎ立《た》てるつもりかい？」

「ぐ……っ」

ある意味、極《きわ》めてまっとうな主張であった。

たとえ組み合わせが操作されていようとも、結局のところ勝敗を決めるのは選手の地力である。

比隣《ひりん》という犬猿《けんえん》の仲とのタッグ。

百花《ひやつか》兄弟というペアでこそ強さを発揮する対戦相手。

しかしそんな逆境は、聖剣演武《せいけんえんぶ》においては会場を盛り上げるためのスパイスでしかない。

どんな状況《じようきよう》でも勝利を奪《うば》い去《さ》り、観客を魅了《みりよう》してこそのスターなのだ。

そして、それを心の底ではわかっているからこそ、それ以上は誰《だれ》も何も言わなかった。

「さて。テンガイヒリンのほうも完了《かんりよう》だ。こっちは普段《ふだん》からライジングクルーズをやってるから、それほど筋繊維《きんせんい》も傷《いた》んでいないね。明日には万全《ばんぜん》に動けるだろう」

「ありがとう。フーちゃん」

「おいおい、ラディちゃん。さっきも言った通り、これは不正なマッチングを防げなかった尻《しり》ぬぐいさ。後ろめたくなっちゃうから、あんまり感謝しないでくれたまえよ」

そう言って、なぜかにやりと笑った。

「アラヤシキの本当の試練は、むしろここからさ」

「……なるほど。やっぱり、そうなるか」

それに対し、なぜかラディアータは深刻そうにうなずいた。

「あの、ラディアータ？　なるほど、とは？」

「少年も、すぐにわかるよ」

と、そのタイミングであった。

運営から支給された端末《たんまつ》に、同時にメッセージが入った。

全員が、反射的にそれを確認《かくにん》する。

そして——またもや同時に目を見開いた。

「きたね」

「そのようだ」

ラディアータとフラッグマンの言葉は、すでに耳に入っていなかった。

ピノが渋《しぶ》い顔で唸《うな》った。

「……うひゃー。マジかー」

「チッ。面倒《めんどう》くせぇな」

比隣《ひりん》が舌打ちし、識《しき》のほうを見た。

その識《しき》は、メッセージに添付《てんぷ》された本戦の暫定《ざんてい》トーナメント表を見つめる。

予選の1日めに勝利を収めた選手が、先に割り当てられたものであった。

それを見た心愛《ここあ》が、両腕《りょううで》を組んだ。

そして聖三《せいさん》メンバーの監督《かんとく》として、各々《おのおの》に問いかける。

「年明け、おめーらに下した命令を覚えてんな？」

「はい……」

日本トーナメントでは、上位8名が海外の四大大会への出場権を獲得《かくとく》する。

しかし今回は、現『剣星二十一輝《オールブライト》』の闖入《ちんにゅう》により、トーナメントにジョーカー的な存在が紛《まぎ》れ込んでしまった。

ゆえに聖三《せいさん》としては、そのジョーカーと違《ちが》うブロックに当てられた選手で準優勝を獲《と》りにいくという作戦を取る。

そして公布された暫定《ざんてい》トーナメント表によれば――。

「……阿頼耶識《あらやしき》。おめーの勝ち星は勘定《かんじょう》に入れない」

心愛《ここあ》の容赦《ようしゃ》のない言葉に、識《しき》はぐっと唇《くちびる》を噛《か》んだ。

本戦Aブロックに当てられた、自身の反対側。

ベスト16――つまりは世界への出場権を懸《か》けた一戦でぶつかる相手の名前があった。

『オリヴィア・チェルシー』

予選の組み合わせに裏の意図があったというなら、あり得ない話ではなかった。

それでも、その事実は少なからず識《しき》を動揺《どうよう》させた。

「少年。大丈夫《だいじょうぶ》?」

「……はい」

困惑《こんわく》の視線が、識《しき》に注がれる。


その重い空気の中、なんだかアンニュイな少女の声が湧《わ》き出《で》てきた。


「……てかさー。みんな識《しき》ちゃんのことばっかり心配してるけどさー」

周囲がビクゥッとなって振《ふ》り返《かえ》った。

すると大広間の隅《すみ》っこで、もぞもぞと毛布が動いた。

顔を出したのは黒髪《くろかみ》の女子生徒——聖三《せいさん》メンバーの最後の1人、泰然飛鳥《たいぜんあすか》である。

居眠《いねむ》りを決め込んで存在感を消していた彼女に、心愛《ここあ》が呆《あき》れたように言った。

「おめー、いたのか……」

「副会長ひどー。ずっといたしー」

気だるげに言いながら、端末《たんまつ》を掲《かか》げる。

トーナメント表……識《しき》の反対側を指さした。

「むしろ心配するの、唯我ちゃんのほうじゃないー？」

「え？」

「あっ……」

そこでようやく、全員が気づいたようであった。

それまで沈黙《ちんもく》していた唯我《ゆいが》が、ため息と共にようやく口を開く。

「こりゃあ、だりぃッスね……」

本戦Aブロック
第二戦。
王道唯我《おうどうゆいが》
VS
オリヴィア・チェルシー

日本トーナメント、3日め。

いよいよ予選の突破《とつぱ》選手が顔をそろえ、本戦がスタートする。

その日も快晴であった。

暖かな春の陽気に、観客の足取りも軽い。

そんな中、聖三《せいさん》メンバーは順調に一回戦を勝《か》ち抜《ぬ》いていた。

控室《ひかえしつ》で、心愛《ここあ》が椅子《いす》にふんぞり返る。

その周囲では、テレビ局の取材陣がマイクを向けていた。

今朝からこの調子である。

学生推薦枠《すいせんわく》の全員が本選に出場するのは、日本トーナメントの歴史でも聖三《せいさん》が初の快挙だったのだ。

「まあ、今年の聖三《せいさん》メンバーは、一味違《ちが》うからよー。王道楽土《おうどうらくど》のおっさんの世代の再来……いや、これは超《こ》えちゃってるかもなー。開校以来の黄金世代かもなー。え？　わ、わーの功績じゃないのか？　いやいや、わ、わーは何もしてねーって。全部あいつらの努力の賜物《たまもの》だろ。わ、わーがしてやったことといえば、ちょ～っとあいつらにチャンスを与《あた》えてやっただけだ。長年の慣習ってやつのせいで埋《う》もれかけてた才能たちに、ちょ～っとスポットを当ててやっただけ。三校交流会のときには、もうあいつらの才能には気づいてたからなー。ちょ～っとだけ……」

とんでもなくお調子に乗っていた。

天井《てんじょう》を突《つ》き抜《ぬ》けそうなほどの長い鼻を幻視《げんし》してしまいそうだ。

それを微妙《びみょう》すぎる気持ちで眺《なが》めながら、ピノと比隣《ひりん》、そして識《しき》が話している。

「そもそも三校交流会に出ちゃダメって言ってたの、ふくかいちょーだったじゃん？」

「ここぞとばかりに盛りやがって……」

「……まあ、実際に三校交流会がきっかけで、国内の公式戦にも出してもらえたからな。その点は感謝してるけど」

その取材陣の1人が、楽しげに言った。

「そして阿頼耶識《あらやしき》、泰然飛鳥《たいぜんあすか》、天涯比隣《てんがいひりん》の3名は、本日の一回戦で勝利を収めております。その3名は、明後日《あさって》の二回戦を勝利すれば海外の四大大会への出場権を獲得《かくとく》することになりますね」

「そーだな。むしろ全員、獲《と》ってきてもいいんだぜ。なんせ出場権は8人分だからよ！」

「そうなると日本競技界の未来も明るいですが……さすがにそれは無謀《むぼう》でしょう。なにせ本日の最終戦には……」

「あー……」

取材陣の思わせぶりな言葉に、その場の視線は唯我《ゆいが》に集中する。

今日の最終戦に予定されているのが、唯我《ゆいが》と現剣星《けんせい》の試合なのだ。

その唯我《ゆいが》は、いたってマイペースな様子でオレンジジュースを飲んでいる。

「……そッスねえ。ま、親父《おやじ》にどやされない程度には、頑張《がんば》らなきゃいけねえさあ」

「それは勝つ気はないという意味でしょうか？」

「いやいや、むしろここまで残った時点で褒《ほ》めてほしいくらいッスよ。そもそも学生推薦枠《すいせんわく》で出場権を獲得《かくとく》したやつ、歴史的にも数えるほどしかいねえさあ」

「しかし王道楽士《おうどうらくど》さんも学生推薦枠《すいせんわく》で……」

「親父《おやじ》は関係ねぇッスよ。オレくんは出涸《でが》らしなんで」

適当にやり取りを済ませると、唯我《ゆいが》は立ち上がる。

「さーて。軽くやってくるさあ」

「唯我《ゆいが》っち、観客席で見てるからね！　がんばっ！」

「骨は捨てていってほしいッス」

とか言いながら控室《ひかえしつ》を出る唯我《ゆいが》を、識《しき》は追いかけた。

廊下《ろうか》で入場ゲートに向かう背中に問いかける。

「唯我《ゆいが》。自信はあるのか？」

ため息をつきながら振《ふ》り返《かえ》った。

「いやいや。相手は剣星《けんせい》ッスよ？　むしろ、なんでみんな勝てる前提なんスか」

いつものようにへらへら笑いながら、識《しき》の肩《かた》をポンポン叩《たた》いた。

「ま、オレくんは世界グランプリいきたい勢じゃないんで。ゆるーく戦って、識《しき》くんに有利な情報でも引き出してくるッスよ」

「……そうか」

唯我《ゆいが》は手を振《ふ》りながら、今度こそ入場ゲートへと向かった。

✕✕✕

会場は引き続き、満員御礼《おんれい》となっていた。

もちろん日本トーナメント、1年で一番の盛り上がりを見せるイベントである。

しかし今回は現『剣星二十一輝《オールブライト》』の戦いが見られるということで、当日券売り場も早朝から長蛇《ちょうだ》の列を作っていた。

これほどの客の入りを見せるのは、7年前の世界グランプリ最終戦《ファイナル》のとき以来である。

そのステージで、唯我《ゆいが》は気だるげに対戦相手を待っていた。

(……なんでオレくん、こんなところにいるんスかねえ)

聖剣演武《せいけんえんぶ》は金稼《かせ》ぎ。

将来は世界各国の大会を荒《あ》らし回って、その賞金で老後を遊んで暮らす予定であった。

しかしそれならば、わざわざ日本トーナメントに出場する必要はない。

その上、なぜ現剣星《けんせい》と闘《たたか》う羽目になっているのか。

唯我《ゆいが》のプランとしては、聖剣《せいけん》学園でゆるーく実績を残して、国内大会で金を稼《かせ》いで、それを元手に海外へと向かうつもりであった。

（ま、いいッス。相手が剣星《けんせい》っていうなら、オレくんが負けても誰《だれ》も文句は……）

とか思いながら、ふと実況《じっきょう》席を見上げた。

そして顔色を変える。

「うえ……っ！」

実況《じっきょう》席の隣《となり》に、ものすごく見覚えのある顔を見つけたのだ。

『さあ！　日本トーナメント3日め！　本日も若手聖剣士《せいけんし》たちのエキサイティングなバトルが繰《く》り広《ひろ》げられ、観客席は未《いま》だ熱が冷めません！　そして！　1日を締《し》めくくる試合も、それにふさわしい対戦カードとなっております！』

実況《じっきょう》が熱っぽく語りながら、隣《となり》のゲストを紹介《しょうかい》した。

『本日、最終戦！　剣星《けんせい》オリヴィア・チェルシーと、聖剣《せいけん》学園1年・王道唯我《おうどうゆいが》くんの対戦となります！　実況《じっきょう》席には――その唯我《ゆいが》くんのお父さんであり、日本の誇《ほこ》る英雄《えいゆう》・王道楽士《おうどうらくど》さんに急遽《きゅうきょ》お越《こ》しいただきました！』

そうなのである。

なぜか地球の反対側で大会に出ているはずの王道楽士《おうどうらくど》が、ここにいるのであった。

実況《じっきょう》に紹介《しょうかい》されて、巨岩《きょがん》のような身体《からだ》が小さく会釈《えしゃく》する。

その様子を見ながら、唯我《ゆいが》は口をあんぐり開けていた。

（親父《おやじ》、なんでいるんスか⁉）

すると視線を逸《そ》らした先、観客席にいる聖三《せいさん》メンバーを見つける。

目が合うと――なぜかラディアータがぐっと親指を立てた。

もしかしなくとも、この女が呼んだらしい。

（余計なことを……っ！）

唯我《ゆいが》は悶《もだ》えた。

息子《むすこ》の晴れ舞台《ぶたい》に、自分の仕事をすっぽかしてやってくる父親……痛い、痛すぎる！

世間的にはわからなくもないが、思春期男子的にはNGなのであった。

「やべぇッス。親父《おやじ》の前で無様なところ見せたら、絶対にどやされる……」

しかし相手は剣星《けんせい》。

自分にどうしろと……と、げんなりしていると、反対側の観客席から大きな歓声《かんせい》が上がった。

ゲートの向こうから、オリヴィアが入場してきたのだ。

さすがは剣星《けんせい》。

煌《きら》びやかな黄金の衣装《いしょう》を身にまとい、まるで聖騎士《せいきし》のような出《い》で立《た》ちであった。

（……うひゃあ。高そうな衣《い》装《しょう》ッスねえ）

唯我《ゆいが》が感心していると、彼女がフッとほくそ笑《え》んだ。

「保護者同伴《どうはん》とは、愛されていますね」

「そういうのやめてほしいんスけど……」

的確に急所を抉《えぐ》ってくる言葉に、唯我《ゆいが》は早くも大きなダメージを食らった。

オリヴィアが加虐《かぎゃく》的な笑《え》みを浮《う》かべる。

「しかし王道楽土《おうどうらくど》も物好きなものです。負けるとわかっている息子《むすこ》の競技に、わざわざ自家用機を使って観戦に来るなど」

「ッスねえ。オレくんもマジでそう思うッス」

「………………」

訝《いぶか》しげな顔になった。

「なんスか？」

「……貴方《あなた》はあの無能の友人でしょう？　共に世界グランプリを狙《ねら》っているのではないのですか？」

唯我《ゆいが》がきょとんとした。

そして可笑《おか》しげに肩《かた》を揺《ゆ》する。

「さすが剣星《けんせい》ッスねえ。そんな夢物語みたいなことサラッと口に出しちゃうあたり、オレくんとは住む世界が違《ちが》うさあ」

「……なるほど。王道楽土《おうどうらくど》とはだいぶ気質が違《ちが》うようですね」

オリヴィアが聖剣《せいけん》を顕現《けんげん》させた。

煌《きら》びやかな装飾《そうしょく》を施《ほどこ》された西洋のロングソード。

それを鞘《さや》から抜《ぬ》くと、周囲に眩《まばゆ》い輝《かがや》きが散らばった。


眩《まばゆ》い黄金の甲冑《かっちゅう》が出現する。

それが十個の武具に分裂《ぶんれつ》すると、オリヴィアを中心に惑星《わくせい》のように旋回《せんかい》を始める。


鉢《はち》型兜《かぶと》、肩当《かたあて》、胴体《どうたい》、両腕《りょううで》、両籠手《りょうこて》、両脚《りょうあし》、そして盾《たて》。

それらは不思議な力で浮遊《ふゆう》しながら、静かに唯我《ゆいが》を威圧《いあつ》した。


──聖剣《せいけん》〝魔導機構《ナイツ・オブ・マジック》〟。

特殊《とくしゅ》な磁力を放つ西洋甲冑《かっちゅう》を召喚《しょうかん》する能力。

その磁力で武具を自在に操《あやつ》り、敵を物量で圧倒《あっとう》する。

この戦闘《せんとう》スタイルが似ていることが、オリヴィアが近年『ポスト・ラディアータ』と言われる所以《ゆえん》である。

オリヴィアのパフォーマンスに、観客席が沸《わ》く。

「いいでしょう。貴方《あなた》のお父上にはお世話になりました。惨《みじ》めな姿を晒《さら》さないように、すぐに終わらせて差し上げます」

「……あざッス」

唯我《ゆいが》も聖剣《せいけん》を顕現《けんげん》させる。

ダガー型の聖剣《せいけん》〝スノードロップ〟。

父親の王道楽土《おうどうらくど》とは真逆の、冷気を操《あやつ》る聖剣《せいけん》である。

それを逆手に持ち、緩《ゆる》い自然体で構えた。

同時に、競技開始のカウントダウンが始まる。

『さあ、勝つのは剣星《けんせい》か！　新進気鋭《きえい》のホープか！　競技、開始です！』

実況《じっきょう》の声と共に、競技開始のブザーが鳴った。

唯我《ゆいが》は動かず、その場に佇《たたず》む。

その戦闘《せんとう》スタイルは、待ちの一手。

時間をかけて相手を冷気で搦《から》めとる剣技《けんぎ》『極寒蜘蛛《フロストスパイダー》』をベースとした組み立て。

それは聖剣《せいけん》に恵《めぐ》まれながらも剣術《けんじゅつ》の才能を得られなかった唯我《ゆいが》が、上位ランカーたちから勝利を奪《うば》える唯一《ゆいいつ》の手段でもあった。

ゆえに対戦相手は、速攻《そっこう》を強《し》いられる。

下手に時間をかければ、聖剣《せいけん》〝スノードロップ〟の発する冷気の蓄積《ちくせき》を許してしまうのだ。

極《きわ》めて単純な戦法でありながら、その絶対的な支配力のために相手のカードを制限できるのが唯我《ゆいが》の聖剣士《せいけんし》としての強みであった。


当然、オリヴィアも正攻法《せいこうほう》に則《のっと》った速攻《そっこう》を仕掛《しか》ける。


周囲に浮遊《ふゆう》する盾《たて》を摑《つか》み、円盤投げ競技のように身体《からだ》をひねり上げる。

そして圧倒的《あっとうてき》な体幹を利用し、凄《すさ》まじい速度でその盾《たて》を発射した。

「……っ⁉」

一寸も狙《ねら》いを狂《くる》わせない一撃《いちげき》が、唯我《ゆいが》に衝突《しょうとつ》する。

後方に吹《ふ》き飛《と》ばされながらギリギリ結晶《クリスタル》を守り切った。

「くそ、オレくんみたいな格下に本気を出すとか大人げなさすぎさあ！」

とか油断した瞬間《しゅんかん》。

「うわっ⁉」

盾《たて》だけではなく、分裂《ぶんれつ》した甲冑《かっちゅう》すべてが隕石《いんせき》のように降り注ぐ。

唯我《ゆいが》が聖剣《せいけん》を掲《かか》げると、地面から巨大《きよだい》な氷柱の壁《かべ》が出現した。

それが甲冑《かつちゆう》の隕石《いんせき》の直撃《ちよくげき》を受け、大破する。

しかし何とか結晶《クリスタル》は守り切った。

（オリヴィアは……っ⁉）

視線で追うが、すでに遅《おそ》い。

隙《すき》を突《つ》いて肉薄《にくはく》したオリヴィア自身に、結晶《クリスタル》を叩《たた》き砕《くだ》かれた。

ブザーが鳴り、一瞬《いつしゆん》で初得点となる。

「この程度ですか。物分かりはよくとも、レベルはあのゴミたちと同等ですね」

「んぐ……っ」

唯我《ゆいが》は起き上がりながら、参ったというように両手を上げる。

「いやいや。だから言ってんじゃねえッスか。オレくんみたいな落ちこぼれが本戦に出場できただけで大金星さあ。親父《おやじ》とか、何をはしゃいで観《み》に来ちゃったんスかねえ」

「………」

オリヴィアはため息をつくと、定位置へと戻《もど》る。

そして振《ふ》り返《かえ》ったとき——その顔にうっすらと加虐《かぎやく》の笑《え》みを張り付けていた。

「そうですか。それでは趣向を変えましょう」

「は？」

唯我《ゆいが》も定位置に戻《もど》りながら、眉《まゆ》を顰《ひそ》める。

「なんスか？　まさか漫画《まんが》でよくあるアレッスか？　絶対強者が主人公に『おれから1点でも獲《と》れたら勝ちということにしてやろう』的な？　いやあ、ありがてえんスけど、そういうのはオレくんじゃなくて識《しき》くんのほうが……」

とか軽口を叩《たた》きながら、ゆったりと聖剣《せいけん》をもてあそぶ。

普段《ふだん》から競技に時間をかけたい唯我《ゆいが》にとって、この手のやり取りは時間稼《じかんかせ》ぎとして身体《からだ》に染《し》みついていた。

が、そのせいで気づくのに遅《おく》れた。

オリヴィアの左手に、見覚えのない聖剣《せいけん》が握《にぎ》られていたのだ。

柄《つか》の先端《せんたん》から鞘《さや》に至るまで、太陽の光を反射してキラキラと虹色《にじいろ》に輝《かがや》いている。

まるでガラス細工のように美しく……そしてなぜか目を離《はな》せない魔性《ましょう》の色気を放っていた。

巨大《きょだい》なモニターに映し出されるその姿に、観客席からどよめきが起こり始める。

『オリヴィアが聖剣《せいけん》を2本、持っている』


本来、聖剣《せいけん》は1人につき1本。

それは世界共通の常識であり、歴史的に覆《くつがえ》された事例はない。

稀《まれ》に二刀一対の聖剣《せいけん》や、ラディアータのように複数の剣《けん》を一つのものとして身に宿す者もいるが――オリヴィアほど知名度がある聖剣士《せいけんし》にその特性があるなら、すでに周知されているのが当然である。

オリヴィアの聖剣《せいけん》は、磁力を操《あやつ》る甲冑《かっちゅう》を召喚《しょうかん》する聖剣《せいけん》〝魔導機構《ナイツ・オブ・マジック》〟。

複数の武具で攻撃《こうげき》を仕《し》掛《か》けるが、あくまで刀剣《とうけん》は1本のみ。

それが元の聖剣《せいけん》とは似ても似つかないものを、もう1本、持っていた。


そしてオリヴィアは、その正体が何かを言う前に唯我《ゆいが》へ宣言する。


「言ったでしょう？　あ、あの無能の、誇り、を叩き、潰し、て、差し、上げ、ます、と」

「……っ⁉」

唯我《ゆいが》が目を見開いた。

唯我《ゆいが》は、それが何か知っていた。

幼い頃《ころ》に、父親に何度も聞かされたことがあるのだ。

同時にそれがここにあるという事実と、それを聖剣演武《せいけんえんぶ》の競技中に見せつける意味も察した。

かつて自身が、識《しき》へと教えたことがある。

しかしその大前提が、ここにきて覆《くつがえ》されるというのなら……。


オリヴィアの言葉の意図を、この会場で唯我《ゆいが》だけが察した。


「やめろ……」

その口から、弱々しく言葉が漏《も》れる。

まるで縋《すが》るような声音《こわね》だった。

それでもオリヴィアは、妖《あや》しく微笑《ほほえ》むだけ。

その態度に、唯我《ゆいが》は歯を食いしばった。

「やめろ!!」

唯我《ゆいが》の叫《さけ》びと共に、競技再開のブザーが鳴る。

鞘《さや》に戻《もど》した聖剣《せいけん》〝スノードロップ〟を、再び逆手に構えた。

その小さな刃《やいば》で、地面を削《けず》るように振《ふ》り上《あ》げる。

――刹那《せつな》、ステージに黒く細い影《かげ》が奔《はし》った。

その影《かげ》が、オリヴィアの足元へと到達《とうたつ》した瞬間《しゅんかん》。

巨大《きょだい》な氷柱の牙《きば》が、オリヴィアを飲み込んだ。

「……っ」

オリヴィアの胸の結晶《クリスタル》が、氷柱によって砕《くだ》かれる。

学生の剣技《けんぎ》が、世界の頂きに届いた。

その衝撃《しょうげき》が第二の聖剣《せいけん》の存在を掻《か》き消《け》し、会場を怒涛《どとう》の歓声《かんせい》に包みこんだ。

聖剣《せいけん》〝スノードロップ〟。

第三覚醒《かくせい》『極寒影蛇《フロストスネーク》』。

ダガーに蓄積《ちくせき》された冷気を地面に伝わせ、対象者の足元で爆発《ばくはつ》させる剣技《けんぎ》。

識《しき》の遠隔斬撃《えんかくざんげき》と違《ちが》い、剣術《けんじゅつ》の腕《うで》に左右されない必中の一撃《いちげき》。

射程は唯我《ゆいが》の視認《しにん》できる距離《きょり》――つまりこのステージ内にいる限り、この剣技《けんぎ》を避《よ》ける術《すべ》はない。

「てめえが、それを使うというなら！　その存在を世界に教えるというなら……」

得点のブザーが鳴《な》り響《ひび》く中、珍《めずら》しく怒《いか》りの感情を露《あらわ》に叫《さけ》ぶ。


「――ここで、てめえを止める！」


対してオリヴィア。

その衣装《いしょう》についた埃《ほこり》を払《はら》いながら……余裕《よゆう》たっぷりに問いかける。

「それは、わたくしに勝つという意味ですか？」

加虐《かぎゃく》の笑《え》みが、これまでにないほど深く浮《う》かび上《あ》がった。


「その大いなる不敬――命で償《つぐな》いなさい」


競技再開のブザーが鳴った。

唯我《ゆいが》は再び、剣技《けんぎ》『極寒影蛇《フロストスネーク》』を放とうとする。

（自分にはこれしかねえ！　このまま50点獲《と》る！）

実際、唯我《ゆいが》に勝つ手段は、それしか存在しない。

しかし意外に現実味のある選択《せんたく》であった。
剣星《けんせい》ですら、初見ではその一撃《いちげき》を避《よ》けることはできなかった。
ましてや磁力で甲冑《かっちゅう》を操《あやつ》るオリヴィアである。
相性《あいしょう》として、唯我《ゆいが》の冷気の攻撃《こうげき》を回避《かいひ》することは難しい。
だが相手は、ラディアータと同じ舞台《ぶたい》で剣《けん》を振《ふ》るった剣星《けんせい》。
実力、経験……何より強靭《きょうじん》な精神に、そもそも圧倒的《あっとうてき》に差があった。

「……っ⁉」

──忽然《こつぜん》と、姿を消していた。

唯我《ゆいが》が止まった。
標的がいない。
このステージ上、見渡《みわた》す限り。

オリヴィアの姿がなくなっていたのだ。

一瞬《いっしゅん》の出来事であった。
唯我《ゆいが》が剣技《けんぎ》『極寒影蛇《フロストスネーク》』を放つために、地面に視線を移した一瞬《いっしゅん》の隙《すき》。
もし唯我《ゆいが》が剣術《けんじゅつ》の才能に恵《めぐ》まれ、そのワンアクションに目視を必要としなかったら。
あるいはオリヴィアが、光《ひか》り輝《かがや》く透明《とうめい》の聖剣《せいけん》を抜《ぬ》く瞬間《しゅんかん》が見えたかもしれない。

（しまっ――）

と、唯我《ゆいが》が思考する間もなく。

正面から、するりとオリヴィアの姿が出現する。
何もない空間から生まれ出るかのように、あまりに自然にそこにいた。
そしてガラス細工のように輝《かがや》く聖剣《せいけん》で、唯我《ゆいが》の結晶《クリスタル》を叩《たた》き砕《くだ》いた。
得点のブザーが鳴《な》り響《ひび》く。
同時に実況《じっきょう》が叫《さけ》んだ。

『なんだ、今の現象は⁉　オリヴィアが謎《なぞ》の聖剣《せいけん》を抜《ぬ》いた瞬間《しゅんかん》、その姿が空気に溶けるように消えてしまったあーっ！』


そこにきて、ようやく異変に気付いた者が出てくる。

観客席で見ていたラディアータ。

実況《じっきょう》席にいた王道楽土《おうどうらくど》。

運営本部でモニター観戦していたレディ・フラッグマン。

特にその3名は、謎《なぞ》の聖剣《せいけん》の正体にいち早く気づいた。


そしてステージ上で、それに対峙《たいじ》した唯我《ゆいが》は。

（くそっ……これが光の宝剣ッスか！）

儚《はかな》くも妖《あや》しい魔性《ましょう》を放つガラスの聖剣《せいけん》を、キッと睨《にら》みつける。


第二十一宝剣《ほうけん》——晄剣《こうけん》〝プリズマス〟。

識《しき》の持つ聖剣《せいけん》〝無《む》明《みょう》〟と同じく、最初の剣星《けんせい》たちの魂《たましい》が宿りし聖剣《せいけん》。

まるで聖剣《せいけん》〝無《む》明《みょう》〟と対《つい》を成すかのような希薄《きはく》な存在感が、逆に不気味さを放っている。

なぜ世界最高の聖剣士《せいけんし》たちは、シリウスを始めとする21の星に例えられるのか。

なぜ世界グランプリに招集《しょうしゅう》される聖剣士《せいけんし》たちは、その人数が21人なのか。


単純な話であった。

継承《けいしょう》されるべき宝剣《ほうけん》が、21本あったからである。


そもそも聖剣演武《せいけんえんぶ》の起源は、この21本の宝剣《ほうけん》にあった。

魔剣《まけん》災害を終結させ、その代償《だいしょう》として使用者の魂《たましい》を封印《ふういん》された宝剣《ほうけん》。

当初、その宝剣《ほうけん》の保管には、少なからず犠牲《ぎせい》が伴《ともな》った。

唯我《ゆいが》が言った『宝剣《ほうけん》に喰《く》われる』という現象を回避《かいひ》する手段としてたどり着いたのが――それと同等の強さを持つ聖剣士《せいけんし》に継承《けいしょう》するというものであった。

その強さを証明する手段が、最高峰《さいこうほう》の聖剣士《せいけんし》たちによる決闘《けっとう》。

転じて生まれたのが、世界で最も人気を誇《ほこ》るまでになった聖剣演武《せいけんえんぶ》である。


この日本トーナメントの地。

その宝剣《ほうけん》の一つと対峙《たいじ》した唯我《ゆいが》。

おそらく宝剣《ほうけん》と二度も戦う経験をした者は、当代では2人といないだろう。

かつて学園で識《しき》と闘《たたか》っていた経験が、唯我《ゆいが》の精神を安定させていた。

たとえ宝剣《ほうけん》といえど、決して倒《たお》せないものではない。

(ここで倒《たお》す！　オ、、、、、リヴィアの目論見を、絶対に止める!!)

普段《ふだん》、絶対に見せない覚悟《かくご》を秘めた瞳《ひとみ》で、オリヴィアを睨《にら》みつける。

そして競技再開のブザーが鳴った。

✕✕✕

日本トーナメント。

その運営本部で、フラッグマンが苦々しげに観戦用モニターを睨《にら》みつける。

(馬鹿なことを……っ！)

宝剣《ほうけん》の存在は、世界に秘匿《ひとく》されなければならない。

弱き者が持てば魂《たましい》を喰《く》われる危険があり、しかし現代では何物にも代えがたい至上の価値を宿すもの。

これが世間に知られれば——そしてその管理を任されているのが剣星《けんせい》という一般人であることが公表されれば、何が起こるかわからない。

ゆえに宝剣《ほうけん》がレプリカであるとし、その形状ですら偽装《ぎそう》してきた。

(だから前回の世界グランプリ、オリヴィアを剣星《けんせい》として招集《しょうしゅう》するのに反対したんだ！)

オリヴィア・チェルシー。

聖剣士《せいけんし》としては類稀《まれ》な才能を持ちながら、その精神性はどこか幼い闇《やみ》を感じさせた。

剣星《けんせい》とは、宝剣《ほうけん》の守護者としてふさわしい人格を備えていなければならない。

しかし聖剣演武《せいけんえんぶ》が興行スポーツとして規模を大きくするにつれ、聖剣《せいけん》協会の中でも本来の使命を忘れる者が増えてしまった。

ラディアータの再来と呼ばれるほどの人気を誇《ほこ》るオリヴィアを、目先の利益のために選出したのはフラッグマンの上司である。

(革新派……それは好き勝手やっていいという免罪符《めんざいふ》ではないんだけどなあ)

それより、まずは場の収束であった。

とにかく世間が宝剣《ほうけん》の実在に気づくまでに、競技を止めなければならない。

フラッグマンは日本トーナメントの運営本部長に詰《つ》め寄《よ》った。

「緊急事態《きんきゅう》です。今すぐ試合を止めなさい！」

「ひっ。し、しかし……」

怯《おび》え切った本部長に苛立《いらだ》ち、通信係のマイクを奪《うば》おうとした。

しかし、その腕《うで》を摑《つか》んで止める存在がいた。

「いけませんな。レディ・フラッグマン」

「……アストロマウント」

おそらく裏で糸を引いているのはこの男であろう。

フラッグマンは吐《は》き捨《す》てるように言った。

「ボクよりボーナスの低い男は引っ込んでいてくれないかな」

「だからボーナスの額は関係ないでしょう⁉」

几帳面《きちょうめん》にツッコむ男であった。

しかしコホンと咳《せき》をすると、場のシリアスな雰囲気《ふんいき》を立て直しにかかる。

「競技は続行です。貴殿《きでん》にも従っていただきます」

「ふざけるな。宝剣《ほうけん》の存在が公《おおやけ》になれば、どうなるかわからない。保守派のきみが、なぜオリヴィアの暴走を許す？　何が目的だ？」

するとアストロマウント、その口ひげを撫《な》でながら言った。

「世界を正しき姿に戻すためです」

「はあ？」

フラッグマンはため息をついた。

このまま問答を繰《く》り返《かえ》していても埒《らち》が明かないと判断すると、再び通信係のマイクを奪《うば》おうと試みる。

「おおっと。本当に、いいのですかな？」

「どういうことだい？」

その得意げな顔に一発叩《たた》きこんでやりたい衝動《しょうどう》を抑《おさ》えながら聞き返す。

するとアストロマウントは、とんでもないことを言い出した。

「もし競技を止めるとなれば、オリヴィアが衝動的に何をしてしまうかわかりませんぞ。彼女が、英国リーグ本部で何をやらかしたかご存じでしょう？」

「……っ⁉」

フラッグマンの顔が強張《こわば》った。

……ここは聖剣演武《せいけんえんぶ》の国際大会が開かれるほどの大会場。

観客は満員御礼《おんれい》。

魔剣《まけん》災害は遠い過去のものであり、聖剣《せいけん》は興行スポーツの道具。

そんな価値観が浸透《しんとう》した世界で、もしオリヴィアが強硬《きょうこう》手段に出たら……。

それがわかっているからこそ、観客席にいるラディアータと王道楽土《おうどうらくど》も止めることができずにいるのだ。

「腐《くさ》ってるね……」

「何とでも言いなさい。わたしは、己《おのれ》の信念を貫《つらぬ》くまで」

フラッグマンは観戦用モニターを見やる。

ただ一つ。

もしオリヴィアを止める手段があるとすれば――それは対戦相手の唯我《ゆいが》が、彼女に対して勝利を収めること。

『日本の学生が、公式戦で現役《げんえき》の剣星《けんせい》を制した！』

『それが同じく剣星《けんせい》である王道楽土《おうどうらくど》の息子《むすこ》である！』

そんなビッグニュースがあれば、宝剣《ほうけん》の存在を覆《おお》い隠《かく》せるかもしれない。

（……まさかボクが奇跡《きせき》に縋《すが》るとはね）

フラッグマンは一縷《いちる》の望みに賭《か》け、静かに準備を始めた。

✕✕✕

ステージ上。

競技再開のブザーが鳴った。

オリヴィアがにやりと笑いながら、晄剣《こうけん》〝プリズマス〟を構える。

「前と同じでは興《そ》を削いでしまいますね。それでは、こういうものはいかがでしょう？」

その剣《けん》を掲《かか》げる。

透明《とうめい》な剣身《けんしん》が太陽光を反射して、虹色《にじいろ》にキラリと輝《かがや》いた。

——その瞬間《しゅんかん》、唯我《ゆいが》の周囲に7人のオリヴィアが立っていた。

実況《じっきょう》が叫《さけ》んだ。

『前のターンで姿を消すという剣技《けんぎ》を披露《ひろう》したオリヴィアですが……今度は分身した⁉　どういうことでしょう！　オリヴィアの聖剣《せいけん》〝魔導機構《ナイツ・オブ・マジック》〟は、磁力で甲冑《かっちゅう》を操作する能力だったはずですが……』

そろそろ観客席にも、異常事態が実感として伝わっていた。

大きな歓声《かんせい》の裏で、妙《みょう》な緊張《きんちょう》感が会場を包んでいる。

第二十一宝剣《ほうけん》・晄剣《こうけん》〝プリズマス〟。

その能力は『視覚操作』。

特殊《とくしゅ》なプリズム構造を成す剣身《けんしん》に太陽光を通し、周囲の人間の視界に任意の映像を見せることができる。

日中・快晴の状態でしか真価を発揮できないが、その分、効果は絶大。

実際にこの会場の全員――そしてテレビカメラなどの電子機器にまで同じ映像を見せているのは、さすがは世界の宝と言えよう。

その状況《じょうきょう》――しかし唯我《ゆいが》は突破口《とっぱこう》を見出《みいだ》していた。

「たとえ幻影《げんえい》を使おうと、実物は必ず存在するさあ！」

再び剣技《けんぎ》『極寒影蛇《フロストスネーク》』。

高速で地面を這《は》う冷気は、まっすぐオリヴィアの本体に狙《ねら》いを定めた。

体温。

それが唯我《ゆいが》の剣技《けんぎ》『極寒影蛇《フロストスネーク》』が必中の所以《ゆえん》であった。

この冷気の蛇《へび》は、対戦相手の温度を追尾《ついび》する。

ゆえに幻影《げんえい》で攪乱《かくらん》しようが意味はない。

ある意味、晄剣《こうけん》〝プリズマス〟のデビューとしては相性《あいしょう》が最悪であった。

が――。

理屈《りくつ》の上では必中の剣技《けんぎ》『極寒影蛇《フロストスネーク》』。

巨大《きょだい》な氷柱の牙《きば》がオリヴィアを飲み込んだとき――その姿が霧《きり》のように消失した。

「なんでッスか⁉」

外した。

その事実に、唯我《ゆいが》が動揺《どうよう》する。


理由は、晄剣《こうけん》〝プリズマス〟の特性にあった。

この宝剣《ほうけん》は、太陽光を操作して幻影《げんえい》を作り出す。

つまりその幻影《げんえい》には、温度が存在する。

その温度を人間の体温と同等に調整することで、唯我《ゆいが》の剣技《けんぎ》『極寒影蛇《フロストスネーク》』の標的を誤認《ごにん》させたのだ。


唯我《ゆいが》が怯《ひる》んだ隙《すき》を突《つ》き、６人のオリヴィアが鋭《するど》い攻撃《こうげき》で叩《たた》きのめした。

『あーっと！　王道唯我《おうどうゆいが》の剣技《けんぎ》が炸裂《さくれつ》するも、オリヴィアの幻影《げんえい》だった！　これでオリヴィアの得点となり……おや？』

実況《じっきょう》が訝《いぶか》しみ、言葉を止めた。

得点のブザーが鳴っていないのだ。

ステージ上に目を移すと――確かに唯我《ゆいが》の結晶《クリスタル》は砕《くだ》けていない。

剣星《けんせい》ともあろうものが、まさか外したのか？

そんな疑問が過《よぎ》る中……しかしオリヴィアの次の行動で否定される。

叩《たた》きのめした唯我《ゆいが》が、慌《あわ》てて立ち上がろうとした瞬間《しゅんかん》。

幻影《げんえい》も含《ふく》めた6人のオリヴィアで、さらに唯我《ゆいが》を袋叩《ふくろだた》きにした。


それでも結晶《クリスタル》は砕《くだ》けない。

本来、わずかでも聖剣《せいけん》の攻撃《こうげき》が接触《せっしょく》したと判断されれば、すかさず結晶《クリスタル》が砕《くだ》ける仕組みとなっている。

それを結晶《クリスタル》だけを避《さ》け、唯我《ゆいが》の身体《からだ》に的確なダメージを与《あた》えていく。

だが聖剣攻撃《せいけんこうげき》を無効化するバトルスーツを着用している以上、その攻撃に意味はない。


しかし例外もあった。

問題は、聖剣攻撃《せいけんこうげき》以外のダメージである。

ステージの地面に叩《たた》きつけられる衝撃《しょうげき》。

あるいは聖剣《せいけん》を介《かい》さない、純粋《じゅんすい》な蹴《け》りなどの物理攻撃《こうげき》。

三校交流会での識《しき》がそうであったように、そのダメージまでは無効化できない。

バトルスーツのシステムを逆手に取った痛めつけ。

聖剣演武《せいけんえんぶ》が興行スポーツであるなら、極《きわ》めてマナーに反した行いであるのは確かだった。

しかしルールの範囲《はんい》内。

広義の格闘技《かくとうぎ》である以上、この手の危険は常に隣にある。

この行為《こうい》を違反《いはん》だと決めつける材料がないため、審判《しんぱん》も止めることはできない。

あとで「手元が狂《くる》った。わざとではなかった」と弁解されればそれまでのこと。

そしてオリヴィアは──普段《ふだん》からこの手のマナー違反《いはん》が目立つプレイヤーでもあった。

本来ならば、剣星《けんせい》としては致命《ちめい》的な気質。

しかしオリヴィアのスポンサーたちも、品行方正な剣星《けんせい》が多い中、彼女のこのようなある種の幼稚《ようち》さに魅力《みりょく》を感じている部分があった。


その容姿に似つかわしくない重い連撃《れんげき》を浴びせながら、オリヴィアは楽しげに言う。

「先ほど、わたくしを倒《たお》すと宣言しましたね。その不敬の重みを知りなさい！」

そしてとどめの一撃《いちげき》とばかりに、右腕《みぎうで》に力を込《こ》める。

それが唯我《ゆいが》に振《ふ》り下ろされようとした刹那《せつな》――。

その間に、ラディアータの巨大《きょだい》な飛剣《ひけん》が割って入った。

「……っ⁉」

オリヴィアが振《ふ》り返《かえ》る。

観客席で聖剣《せいけん》〝オルガノフ〟を展開する彼女と目が合う。

「すでに唯我《ゆいが》くんは気を失っている。それ以上はルールに反するよ」

「…………」

言う通り、ステージに伏《ふ》した唯我《ゆいが》に動く気配はない。

競技中断のブザーが鳴り、救護班が担架《たんか》を運んできた。

オリヴィアは舌打ちすると、入場ゲートへと消えていく。

何とも言えない空気が漂《ただよ》う中――運営の指示を受けた実況《じっきょう》が躊躇《ためら》いがちに言った。

『……事故により、王道唯我《おうどうゆいが》の棄権《きけん》となります。オリヴィアの二回戦進出です』

会場に拍手《はくしゅ》はなかった。

さすがに普段《ふだん》のオリヴィアの素行を知っているスポンサーでも、これはやり過ぎだと思わずにはいられなかった。

日本トーナメント・本戦初日。

識《しき》や比隣《ひりん》、そしてこのオリヴィアの二回戦進出が決まり、こうして幕を下ろした。

✕✕✕

救護室。

識《しき》たち聖三《せいさん》メンバーが駆《か》け込むと、唯我《ゆいが》がベッドで眠《ねむ》っていた。

彼の脇《わき》には、王道楽土《おうどうらくど》が座っている。

難しい顔で腕《うで》を組んでいたが、識《しき》たちを見ると多少、表情を和《やわ》らげた。

「唯我《ゆいが》の容体は……っ⁉」

「…………」

しかし王道楽土《おうどうらくど》は、返答をしなかった。

どこか悲しそうなまなざしで……しかし息子《むすこ》の雄姿《ゆうし》に満足したかのような清々《すがすが》しい表情で頭をなでる。

「こいつは、自分の守るべきもののために戦った。結果には繋《つな》がらなかったが……きみたちだけは、こいつが立派に生きたことを憶《おぼ》えておいてほしい」

「……っ⁉」

その言葉に、全員が息をのむ。

「そんな……」

識《しき》がぐっと唇《くちびる》を噛《か》んだ。

ピノの目には大粒《おおつぶ》の涙《なみだ》が浮《う》かぶ。

普段《ふだん》は動じない心愛《ここあ》でさえ、呆然《ぼうぜん》としていた。

そして日頃《ひごろ》から減らず口を叩《たた》き合っている比隣《ひりん》は——。

「てめえ、ふざけんなよ！」

唯我《ゆいが》の身体《からだ》を摑《つか》んで、引き起こそうとする。

「いつもみたいにヘラヘラ笑って起きやがれ！　こんな終わり方、てめえのやり方じゃねえだろ！」

「比隣《ひりん》……」

こんなときまで素直《すなお》じゃないやつめ……みたいな空気になりつつあった。

……しかしよく見れば、唯我《ゆいが》の肩《かた》が震《ふる》えている。

「唯我《ゆいが》……？」

ぶふうっと噴《ふ》き出《だ》しながら、唯我《ゆいが》が飛び起きた。

「親父《おやじ》、それはねぇッスよ！」

「おまえが狸寝入《たぬきねい》りなんぞ決め込もうとするからだ！　見舞《みま》いに来てくれたんだから、ちゃんと対応せんか！」

「嫌《いや》ッスよ！　あんなマジになって戦って負けた後とか、恥《は》ずかしすぎさあ！」

「フンッ。なかなか熱かったぞ。おまえが剣星《けんせい》に対して『てめえを止める！』と啖呵《たんか》を切る日がくるとはなあ」

「うひゃ〜、死にてぇ〜〜。親父《おやじ》、本気でやめて〜〜〜」

2人してゲラゲラ笑っている。

けっこう余裕《よゆう》ある感じに、聖三《せいさん》メンバーは微妙《びみょう》すぎる気分に陥《おちい》った。

「え？　スカタン？　さっきの感動的なの、もういっぺんやってもらっていいッスか？」

「てめえ、マジでぶった斬《ぎ》るぞ!!」

顔を真っ赤にして襲《おそ》い掛《か》かる比隣《ひりん》を、慌《あわ》てて識《しき》が抑《おさ》える。

さすがに心臓に悪すぎる遊びに、心愛《ここあ》も呆《あき》れ顔であった。

「……おめー、元気ならさっさと戻《もど》ってこいよ」

「いやいや。あんだけ剣星《けんせい》にボコられて無事なわけねぇッスよ。正直、身体中《からだ》が死ぬほど痛えさあ」

実際、その身体《からだ》は包帯でぐるぐる巻きになっており、とてもじゃないが1人で動けそうにはない。

あまりに普段《ふだん》通りの空気に、ピノが大きなため息をつく。

「なんか拍子《ひょうし》抜《ぬ》けしちゃったなー。もっとヤバい雰囲気《ふんいき》じゃなかった？」

すると唯我《ゆいが》が手をプラプラしながら言った。

「演技ッスよ、演技。気絶したふりッス。ラディアータがうまく合わせてくれたんで、バレずに済んださあ。あんなん続けたら、マジで死ぬ」

「な、なるほど……」

それならそうと言ってほしかったのである。

そのラディアータはというと……あの後、難しい顔でどこかに行ってしまった。てっきりここにいると思っていたので、識《しき》も不思議であった。

「ラディアータは？」

それには王道楽士《おうどうらくど》が答える。

「運営本部……いや、フラッグマンのところだろう。オリヴィアが使ったアレの件がある」

「あれはいったい何ですか？」

あのオリヴィアが使った第二の聖剣《せいけん》。

普通《ふつう》のものではないのは、識《しき》たちにもわかっていた。

王道楽士《おうどうらくど》は眉間《みけん》の皺《しわ》を押さえながら言った。

「21番めの宝剣《ほうけん》だ」

「……っ⁉」

その言葉に、識《しき》が息をのむ。

しかし他の面々は、何かわからずに不思議そうであった。

「アラヤっち。宝剣《ほうけん》ってアレのことだよね？　世界グランプリに招集《しょうしゅう》された剣星《けんせい》に配られるトロフィーみたいなの？」

「…………」

ピノの疑問に、識《しき》は答えられなかった。

唯我《ゆいが》が、彼に語り掛《か》ける。

「識《しき》くん。これからやべえことになるッスよ」

王道楽土《おうどうらくど》が、救護室に備えられたテレビを点《つ》けた。


日本トーナメントの中継《ちゅうけい》チャンネル。

それには本戦初日を終え、報道陣《ほうどうじん》のインタビューに答える剣星《けんせい》・オリヴィアが映っている。

会話の焦点《しょうてん》になっているのは、彼女が競技中に見せた第二の聖剣《せいけん》。

本来のオリヴィアの聖剣《せいけん》〝魔導機構《ナイツ・オブ・マジック》〟とは似ても似つかない、ガラスのように美しいものであった。

『これは宝剣《ほうけん》――世界グランプリに出場した剣星《けんせい》に継承《けいしょう》される最初の剣星《けんせい》たちの聖剣《せいけん》です。これまではレプリカとされてきましたが、本当はその力が封印《ふういん》された本物であります。そして封《ふう》印《いん》されていたその力が、あるきっかけで目覚め始めているのです』

　そのきっかけ、とは？

　報道陣《ほうどうじん》の1人の疑問に、彼女は丁寧《ていねい》に答える。

『宝剣《ほうけん》の一つが、ある者によって眠《ねむ》りから目覚めました。それに共鳴するように、いくつかの宝剣《ほうけん》が能力を解放する事例が起こっています』

　その宝剣《ほうけん》とは？

　そんな言葉が、周囲から飛んでくる。

『――それが阿頼耶識《あらやしき》の持つ聖剣《せいけん》〝無明《むみょう》〟。彼は本来、その身に聖剣《せいけん》を宿さない無能者なのです』

　ざわっと報道陣《ほうどうじん》がざわつく。

　その喧噪《けんそう》を制するかのように、オリヴィアはよく通る声で決定的な言葉を告げた。

『阿頼耶識は大宝剣を協会から盗み出し、公式トーナメントに参加している大罪人なのです』

　その言葉に、周囲の報道陣《ほうどうじん》から荒々《あらあら》しい質問が飛《と》び交《か》っていた。

オリヴィアはそれらには答えず、じっと一つのカメラを見つめる。

その瞳《ひとみ》は、この中継《ちゅうけい》を見ているであろう識《しき》に向けているように思えた。

『わたくしが日本トーナメントに参加した理由……それは彼の持つ聖剣《せいけん》〝無明《むみょう》〟を制し、世界の宝を取り戻すためです』

幕間　S・H・I・T

Hey boy, will you be my apprentice?

地鳴りのような大歓声《だいかんせい》が、ラディアータを讃《たた》えていた。
観客席を埋《う》め尽《つ》くす人、人、人。
世界最強の大剣星《だいけんせい》の雄姿《ゆうし》を目にするために、世界中からファンが押し寄せる。
いつもは、それを観客席から見ているだけだった。
でもオリヴィアにとって、その年は違《ちが》った。

前回の世界グランプリ。
ラディアータに次ぐ年少記録での招集《しょうしゅう》。
これまで観客席で見ていた自分も、とうとう同じ舞台《ぶたい》に立つ。
自分は強くなった。
あの幼く弱い自分は、もういない。

これでラディアータにも認められる存在になったと胸を張れる。

初戦での、ラディアータとの決闘《けっとう》。
むしろ望むところだった。
世間はくじ運が最悪だの何だのと噂《さえず》っているが、自分にとっては違《ちが》う。

強くなった自分を見てほしかった。
そのためにクラブチームを変えてまで、過酷《かこく》な訓練を積んできた。

ラディアータに勝てるとは思っていない。
あの優《やさ》しい微笑《ほほえ》みで「オリヴィア、強くなったね」と褒《ほ》めてほしいだけだった。

しかし――ラディアータは、何も言ってはくれなかった。

積み上げた剣技《けんぎ》が何一つ通じず、ただ無様に負けた。
ステージにへたり込む自分を、ラディアータは一瞥《いちべつ》し……。

そして見限るようなまなざしを残し、去っていった。

（まだだ。まだ足りないんだ……）

日本から本拠地《ホーム》に発《た》つ飛行機。

そのラウンジで自分に言い聞かせる。

（次の世界グランプリは、絶対に……）

そのとき、スマホが鳴った。

王道楽土《おうどうらくど》。

世界グランプリの最古参で、かつては王者にも輝《かがや》いた傑物《けつぶつ》。

後続《こうぞく》への面倒《めんどう》見もよく、剣星《けんせい》たちの間では父親のような存在だった。

その話を聞き、オリヴィアはスマホを落とした。

「ラディ姉様が……？」

交通事故。
彼女が緊急《きんきゅう》入院したという病院へと急いで向かった。
そして待合室で待つ王道楽土《おうどうらくど》は……悲しそうに首を振《ふ》るだけであった。

病室の窓から、中を窺《うかが》う。
部屋の隅《すみ》で、彼女は膝《ひざ》を抱《かか》えて怯《おび》えていた。

『嫌《いや》だ、嫌《いや》だ、私はまだ何も成していない。約束も守れない。私は無価値だ……』

強烈《きょうれつ》な既視感《きしかん》だった。
あのとき——あの幼い頃《ころ》、同じように折れかけたラディアータを見た。

何か言わなくては。
そう思って、病室のドアに手をかける。

——世界グランプリでの、あの冷たいまなざしが脳裏《のうり》を過《よぎ》る。

手が震《ふる》えた。

もしかしてラディアータは、もはや自分のことなど、どうでもよいのではないか？

そんな人間からの安易な励《はげ》ましなど、いったい何になろうか。


結果、オリヴィアは手を引いた。

大切な人に嫌《きら》われたくないという臆病《おくびょう》が、どうしても彼女を前に進ませることができなかった。


——何一つ、自分は変わっていなかった。


その力を認めさせることもできなければ。

愛する姉の失望に言葉をかけることもできない。


深い絶望が、日常を静かに侵食《しんしょく》していた。

何とかラディアータのその後が知りたくて、気が付けばネットに噛《かじ》り付《つ》いていた。

メディアは連日、『剣星《けんせい》ラディアータの引退』『世界の大スターの悲劇』などと面白《おもしろ》おかしく騒《さわ》ぎ立《た》てている。

しかし、そんなものに頼《たよ》らなくては彼女の足取りすら追えない自分に、さらに情けなさが深まった。

そんなある日――。

「……は？」

あるSNSの投稿《とうこう》。

ラディアータが日本の辺鄙《へんぴ》な場所で、ファンに写真を撮《と》られていた。

なぜまだ日本に？

すでにアメリカに戻《もど》ったのではなかったのか？

しかし、その隣《となり》にいる少年を見て、顔色が変わる。

「――――っ⁉」

見覚えがあった。
この黒髪《くろかみ》黒目の、間抜《まぬ》けな顔立ちの男。
確かにあのときの面影《おもかげ》がある。
なぜこの少年が、ラディアータと一緒《いっしょ》にいる？
その答えは、数日後には世界を駆《か》け巡《めぐ》った。
『《聖剣演武《せいけんえんぶ》》剣星《けんせい》ラディアータ、指導者に転身を表明か⁉』
添《そ》えられた写真は、ラディアータとあの少年のツーショットであった。
満面の笑《え》みで、少年の頭をいじり倒《たお》している。
「…………」
オリヴィアの胸に、深い闇《やみ》が生まれた。

なぜこの男なのか。
なぜいつも、自分ができないことをやってのけるのか。

その笑顔は、自分がさせるはずだった。
ラディアータが認めるのは、自分のはずだった。
その隣《となり》にいるのは、自分であるべきはずだった。

「この男さえ、いなければ——」

粘《ねば》つくような嫉妬《しっと》の火は、世界を巻き込んで燃《も》え盛《さか》る。

Ⅲ　オリヴィア・チェルシー

Hey boy, will you be my apprentice?

本戦2日め。

その朝、聖三《せいさん》メンバーは先日とは違《ちが》うホテルにいた。

そこは元の旅館を一望できる立地にあり、その大部屋の窓からピノが様子を窺《うかが》っていた。

「うはー。すっごいマスコミきてるーっ！」

「こんな遠いのに、よく見えるな……」

ピノは興奮しながら、それをバックに識《しき》とツーショットで自撮《じど》りを決める。

「よーし。これSNSに投下しちゃうぞーっ！　今ならアラヤっち効果でバズり神確定じゃーっ！」

「宿を変えた意味が……」

昨日、ラディアータと共にやってきたレディ・フラッグマンに連れられ、こうして宿泊先《しゅくはくさき》を変えたのだ。

荷物はすでに運ばれており、識《しき》たちは身一つでここまでやってきた。

現在、フラッグマンとラディアータが運営本部に赴《おもむ》き、事態の収拾《しゅうしゅう》を図《はか》っている。

それまで強制的に待機となり、こうして全員でグダッていた。

心愛《ここあ》がでかいソファに小さな身体《からだ》を沈《しず》めながら、完全に鬱《うつ》モードに入っている。

「はーやれやれ。おめーらの世界進出の手柄《てがら》で、来年から教師として聖剣《せいけん》学園を支配する予定だったのになー。こんなん学園にどう報告しろってんだよ……」

「すみません……」

「謝るくらいなら最初から言っとけー……」

「すみません……」

すると部屋の隅《すみ》で黙《だま》っていた比隣《ひりん》が、ついに吠《ほ》えた。

「てめえら、なんでそんな落ち着いてんだよ！」

もう我慢《がまん》の限界だという様子で、八つ当たり気味に壁《かべ》を蹴《け》る。

「こいつ、聖剣《せいけん》が宿ったの嘘《うそ》だったんだぞ！　しかも大宝剣《だいほうけん》なんかで日本トーナメントに出場しやがって！　てめえら、何とも思わねえのか⁉」

「…………」

識《しき》は目を逸《そ》らした。

これまで罪悪感がなかったといえば嘘《うそ》になるが……こうして比隣《ひりん》のリアクションを突《つ》き付《つ》けられると、圧《お》し潰《つぶ》されそうな気分になる。

それを言われたピノも、ＳＮＳの更新《こうしん》をやめて考え込んだ。

「そうなー。確かに宝剣《ほうけん》が本物だって見せられちゃうと、アラヤっちの『入学試験の後に聖剣《せいけん》が目覚めてうまいこと入学できましたー』って話のほうが逆に１００％嘘《うそ》じゃんって納得《なっとく》しちゃうんだよなー。むしろなんで信じてたんだろうね、うちら」

それを識《しき》に「ねえ？」みたいに同意を求められても困ってしまうのだった。

そんなピノの同意を得られて、比隣《ひりん》は勢いづいて続ける。

「そうだろ⁉　ラディアータだって、こいつに何か弱みでも握《にぎ》られなきゃ大宝剣《だいほうけん》を渡《わた》したりしねえはずだ！　そんなやつが世界グランプリに出たいなんておかしいだろ！」

「うーん……」

しかし、その意見にはピノは難色を示した。

「な、なんだよ。てめえはそう思わねえのか？」

ピノはあっさりと言った。

「だってなー。普段《ふだん》のラディ様を見てて、そういう風に見える？」

「……っ⁉」

比隣《ひりん》がたじろいだ。

そう言われて脳裏《のうり》を過《よぎ》るのは、いつも♡を撒《ま》き散《ち》らしながら識《しき》にベタベタしているラディアータである。

そのピノの言葉に、心愛《ここあ》も「ま、そうなるわな」と肩《かた》をすくめる。

「大宝剣《だいほうけん》だからって無敵なわけじゃないのは、うちらも知ってんじゃん。アラヤっちが相応の努力してるのも見てるし。だからこそ唯我《ゆいが》っちも昨日、オリヴィアがアラヤっちのこと嵌《は》めるの全力で止めようとしたわけじゃん？」

唯我《ゆいが》は昨日、会場の救護室からどこかの病院に移ったらしい。

あの痛々しい競技風景を思い出し、さすがの比隣《ひりん》も何も言えなくなる。

「ビリビリボーイがムカついてんのって、自分がラディ様に選ばれなかった八つ当たりでしょ？」

「はあっ⁉　んなわけ……」

ない、と言い切れなかった。

図星を突《つ》かれ、比隣《ひりん》が狼狽《うろた》える。

「『自分が無能ならラディ様に選ばれたかもしれないのに』って思っちゃったんでしょ。でもラディ様って、アラヤっちが可哀《かわい》そうだから大宝剣《だいほうけん》を渡《わた》したわけじゃないよね。根っからの善人じゃないし、上《うわ》っ面《つら》のモラルで物事を見る人でもない。それに……」

ピノは冷めた目で、じっと比隣《ひりん》を見つめる。

「ビリビリボーイが無能だったら、たぶんラディ様の目に留まってもいないと思う。条件が同じなら自分もそうなれるって決めつけるのは傲慢《ごうまん》だよ」

「〜〜〜っ！」

比隣《ひりん》が顔を真っ赤にした。

ぎりっと歯を食いしばると、そのまま大部屋を出ていった。

バタンッ！　とドアを蹴《け》り飛ばす音が響《ひび》いて、びくっとなる。

静まり返ったドアの向こうを眺《なが》めながら、心愛《ここあ》が大きなため息をついた。

「おめー、友だちのことよくそんなボロクソ言えんな……」

「え？　そんな酷《ひど》いこと言った？」

「いやド正論なのが逆に厄介《やっかい》っていうかな……」

心愛《ここあ》がドン引きしていた。

この辺のドライさは、さすがトップアスリートの家系といえばいいのか。

しかし心愛《ここあ》もピノの言葉に賛同する様子であった。

これだけの騒《さわ》ぎになっているとはいえ、三校交流会や今回の日本トーナメントの推薦枠《すいせんわく》に識《しき》を抜擢《ばってき》したことを後悔《こうかい》する気持ちはないようだ。

「まあ、あいつはこの手の飲み込みがうまいほうじゃないわな」

そんな言葉で締《し》めくくったとき。

今度は、向こうからドアが開いた。

比隣《ひりん》が戻《もど》ってきたか、と思ったが違《ちが》った。

運営本部に行っていたフラッグマンが、ラディアータを連れて戻《もど》ってきたのだ。

「やあ、聖三《せいさん》のみんな。居心地《いごこち》はどうだい？」

「逃亡《とうぼう》中じゃなきゃ最高だね。しかし隠《かく》れ家《が》として一つ星ホテルとは豪勢《ごうせい》じゃねーの。詫《わ》びのつもりかー？」

心愛《ここあ》の返事に、フラッグマンは苦笑《くしょう》した。

「さっきテンガイヒリンとすれ違《ちが》ったけど、何かあった？　怖《こわ》い顔してたよ」

「思春期の問題だからほっとけ。それで、どうなったんだ？」

フラッグマンはうなずく。

ラディアータが難しい顔で黙《だま》っているのが気にかかるが、とりあえず話を聞くのが先決だった。

「それについて、向こうからアラヤシキに提案があるらしい」

3人が眉根《まゆね》を寄せる。

フラッグマンの後ろから、さらに珍客《ちんきゃく》が現れた。

「……っ！」

「はあ⁉　なんでこいつらが……」

その2人——オリヴィア・チェルシーと、アストロマウントであった。

自分たちをこんな状態に追いやった張本人の登場に、まず心愛《ここあ》が食《く》って掛《か》かる。

「なんでいるんだよ？　まさか謝罪ってわけじゃねーだろうな？」

「ハハ。日本の学生はジョークが下手ですな。知能が知れるというものです」

アストロマウントの挑発《ちょうはつ》に、心愛《ここあ》が「カッチーンッ」であった。

「よし殺す。この場で元凶《げんきょう》を消しちまえば問題解決だろ」

「ふくかいちょーっ！　待って待ってーっ！」

慌《あわ》ててピノに抑《おさ》えられる。

それに対して、フラッグマンが肩《かた》をすくめる。

「ボクも今すぐその窓から叩《たた》き落《お》としてやりたいんだけど、そこまで目立ってはさすがにもみ消せないからね。きみたちも抑《おさ》えてくれたまえよ」

アハハハハ、と軽快に笑いながら恐《おそ》ろしいことを言う。

そして話を促《うなが》したのは、渦中《かちゅう》にある識《しき》であった。

「それで、いったい何の話ですか？」

「ふむ。大罪人のくせに態度がでかいですな。これは教育者の……」

と、そこで言葉を止める。

ラディアータがじろりと睨《にら》んでいた。

「私のことは何と言ってもいい。でも少年を侮辱《ぶじょく》するなら──」

「……チッ」

アストロマウントはため息をつくと、大部屋の中央にあるソファにどかりと座った。

正面に識《しき》を迎《むか》え、改めて話を切り出す。

「率直《そっちょく》に申し上げましょう。アラヤシキくん。大宝剣《だいほうけん》〝無明《むみょう》〟を、聖剣《せいけん》協会に返還《へんかん》していただきます」

「……それは、俺に日本トーナメントを辞退しろということでしょうか」

肯定《こうてい》の代わりに、アストロマウントは口髭《くちひげ》を撫《な》でる。

「大きく言えば、そういうことになりますかな。その上で、条件もございます」

「条件？」

「昨日の記者たちのインタビューはご覧になったかと思いますが……返還《へんかん》に伴《ともな》い、こちらの用意したシナリオに従っていただきたいのです」

昨日のオリヴィアのインタビューを思い出す。

識《しき》は聖剣《せいけん》協会から、大宝剣《だいほうけん》を盗《ぬす》んで日本トーナメントに参加している。

オリヴィアの劇的なリーグ移籍《いせき》は、それを阻止《そし》し、大宝剣《だいほうけん》を回収するためだった。

何とも陳腐《ちんぷ》な作り話だが……しかし物事というのは、案外このくらい荒唐無稽《こうとうむけい》でもわかりやすさが伴《ともな》っていれば問題はない。

実際、昨日から今朝にかけて、この作り話を信じた者たちの発信する情報は、尾《お》ひれをつけて着実に広がっていた。

一般聴衆《いっぱんちょうしゅう》にとって大事なのは、真実が何か、ではない。

何を真実にするか、である。

それが面白《おもしろ》ければ面白《おもしろ》いほど、真実にしたがるのだ。

ましてやその一端《いったん》を担《にな》うのはラディアータという世界最強の剣星《けんせい》。

そのスキャンダルは、祭りの火付けとしてはこれ以上ないほど適任だった。

現状、世論はアストロマウントの作り話を真実として扱《あつか》っている。

この前提の上で……。

「シナリオとは？」

「それほど難しいことではございません。貴殿《きでん》は予定通り、明日の日本トーナメント二回戦に出場していただくだけです」

「……どういうことですか？」

聖剣《せいけん》〝無明《むみょう》〟を返還《へんかん》して、日本トーナメントを辞退してほしい。

しかし二回戦には出場しろという。

この矛盾《むじゅん》に眉根《まゆね》を寄せると、アストロマウントが得意げに答える。

「貴殿《きでん》には、公式戦でオリヴィアに負けていただきたいのです」

名前が出たオリヴィアに目を向ける。

彼女は涼《すず》しい顔で、ドアの前に立っていた。

その鋭《するど》い瞳《ひとみ》に睨《にら》みつけられ、識《しき》がたじろぐ。

しかしそれで合点《がてん》がいった。

「……あくまで『オリヴィアが奪《うば》い返《かえ》した』という形で返還《へんかん》しろということでしょうか」

「理解が早くて助かりますな」

「なぜそんな手の込《こ》んだことを……？」

「たとえこの場で無事に回収できたとしても、それから聖剣《せいけん》協会へのバッシングが始まると予測できます。宝剣《ほうけん》の管理不行き届き……まさか聖剣《せいけん》協会が選んだ剣星《けんせい》が、世界の宝を一般人《いっぱんじん》に貸し与《あた》えてしまうなど論外です。そこで聖剣《せいけん》協会の自衛能力をアピールする必要がある。これ以降、大宝剣《だいほうけん》に手を出す輩《やから》がいないようにね」

「それなら、そもそもマスコミに作り話を披露《ひろう》する必要はないのでは？」

「……………」

識《しき》の疑問は尤《もつと》もである。

平和に聖剣《せいけん》〝無明《むみよう》〟を回収したいのであれば、わざわざ大事にする必要はない。識《しき》が大宝剣《だいほうけん》を持っていることを公表するということは、自らバッシングの種を撒《ま》くようなものであった。

それに対する、アストロマウントの返答。

彼は両腕《りようう》を組んで、意味深に告げた。

「我々は、新しい世界のスターを求めています」

「……？」

予想外の言葉に、識《しき》が訝《いぶか》しむ。

「ラディアータは脚《あし》の怪我《けが》により、次の世界グランプリへの招集《しょうしゅう》は難しい。となれば、次の世界最強が選出されることになりますが……それが案外、難しい」

「難しい、とは？」

「ラディアータほどの傑物《けつぶつ》の次代ともなれば、相応のエピソードが必要です。本来ならそれは、ラディアータ超えという形で世界に周知されるのがふさわしいものですが……」

アストロマウントは、わざとらしくため息をつく。

「ラディアータの引退は、次世代に敗北という形ではありません。その上、半年前の三校交流会で、春風瑠々音《しゅんぷうるるね》が非公式ながらそれに近いことを成《な》し遂《と》げてしまった。万全《ばんぜん》のラディアータを倒《たお》す、ということもできず、その上で春風瑠々音《しゅんぷうるるね》の二番煎《にばんせん》じ……どう足掻《あが》いても、聖剣《せいけん》演武《えんぶ》への求心力が落ちることは否《いな》めない」

ラディアータは、あまりに強く輝《かがや》きすぎた。

この7年間で、聖剣演武《せいけんえんぶ》の人気は格段に上がっている。

しかしそれは大半が、聖剣演武《せいけんえんぶ》ではなくラディアータに心酔《しんすい》する形である。

となれば……ラディアータなき聖剣《せいけん》界が、今後それなりの縮小を見せるのは簡単に予測できることであった。

「そこで、我々はこのオリヴィアのリーグ移籍《いせき》を聞き、協力を申し出ました」

アストロマウントが、悪びれずに言う。

「聖剣《せいけん》協会から大罪人が盗《ぬす》み出《だ》した大宝剣《だいほうけん》を、その妹弟子《でし》が奪還《だっかん》する。このシナリオは、世界に大きなインパクトを生むでしょう。次代の世界最強の誕生にふさわしい、ね」

己《おのれ》に陶酔《とうすい》するかのように、両腕《りょううで》を広げて大仰《おおぎょう》に言った。

「これで世界は、正しき姿へと還るのです」

そこまで決めて、アストロマウントは得意げに鼻を鳴らした。

すかさずフラッグマンが横槍《よこやり》を入れる。

「簡単に説明すると、この男はオリヴィアの暴走を利用してマッチポンプを企《たくら》み、聖剣《せいけん》協会での地位を確立しようとしてるってわけさ。うちの会長は人望があるけど、運営に関してはお飾《かざ》りだからね。風見鶏《かざみどり》のようにハイハイ言うことを聞いてくれるんだよ」

「き、貴殿《きでん》は黙《だま》っていなさい！」

それまで黙《だま》っていた心愛《ここあ》が、納得《なっとく》した様子で唸《うな》った。

「……なるほどな。自分が擁立《ようりつ》したオリヴィアが世界最強の座につけば、それだけ協会内での発言権が強くなるってことだ。うわー、クズじゃねーか。それに阿頼耶識《あらやしき》を利用しようとか、マジで腐《くさ》ってんな」

「……ふくかいちょー。三校交流会のときに似たようなことしてなかったっけ？」

ピノの指摘《してき》に、しらーっと視線を逸《そ》らす心愛《ここあ》である。

とはいえ、ここまで悪意と自己愛に満ちた行動も珍《めずら》しい。

さすがに癇《かん》に障《さわ》ったらしい心愛《ここあ》が、即座《そくざ》に言い切った。

「乗る必要はねーな。そもそも大宝剣《だいほうけん》を譲渡《じょうと》したのは、ラディアータの意思だ。そして保管という名目で、そのラディアータに大宝剣《だいほうけん》を預けていたのも聖剣《せいけん》協会。それに一度は、阿頼耶《あらや》識《しき》に大宝剣《だいほうけん》の使用を許可したんだろ？　やっぱなし、は男らしくねえじゃねーか」

「一介《いっかい》の学生に所持を許可したのは、そこの小賢《こざか》しい女とその派閥《はばつ》が仕組んだこと。我々の派《は》閥《ばつ》は常々、この現状を憂《うれ》いておりましてね」

「いやいや。組織に属している以上、上が決めたことを独断で勝手に変えんなよって話じゃねーか。おめー、ボーナスもらってんだろ？　額は低いみたいだけど」

「き、貴殿《きでん》にボーナスの心配をされる覚えはありませんな！」

理性派ぶっている割に、打てば響《ひび》く男である。

意外と気が合いそうだな、と心愛《ここあ》は思った。

「たとえ返還《へんかん》が聖剣《せいけん》協会の要望だろうと、阿頼耶識《あらやしき》を悪者にする必要はねーな。おめー、このしょーもない企《たくら》みがうまく進んだとしても、その後に裁判とか起こされるってことは考えねーのか？　こっちにゃ世界の大富豪《だいふごう》、ラディアータや王道楽土《おうどうらくど》のおっさんがいるんだぜ？」

「……フッ。できませんよ、その阿頼耶識《あらやしき》くんにはね」

心愛《ここあ》らしい威嚇《いかく》にも、アストロマウントは動じない。

その自信の理由は、極《きわ》めて単純なものだった。

「貴殿《きでん》は、ラディアータを悪者にはできない」

「……っ⁉」

識《しき》の動揺《どうよう》。

それを予定通りだと言わんばかりの態度で、アストロマウントは続ける。

「こちらも自分たちの都合ばかり押し付けようというわけではございません。もちろん協力していただければ、それなりの見返りもご用意しております」

「見返り……？」

アストロマウントは、にやりと笑った。

「貴殿《きでん》さえ悪者になってくれれば、ラディアータが独断で大宝剣を一般人に渡した罪は公表せずにいて差し上げます」

これには心愛《ここあ》も黙《だま》ってしまった。

自身の思惑《おもわく》が通り、アストロマウントは満足げである。

「そもそも聖剣《せいけん》協会が貴殿《きでん》の大宝剣《だいほうけん》所持を認めたのは、ラディアータが大宝剣《だいほうけん》を渡《わた》してしまった後のこと。もうやってしまったから、その辻褄《つじつま》を合わせるという意味があった。ラディアータは剣星《けんせい》でありながら、世界の民《たみ》から預かっている大宝剣《だいほうけん》を、己《おのれ》の身勝手で1人の少年へと譲《ゆず》った。これを聞いて、世間はどう思いますかな？」

「………」

真実のエッセンス。

確かにアストロマウントの用意したシナリオは、インパクトを重視した荒唐無稽《こうとうむけい》なものだ。

たかが日本の一学生が、聖剣《せいけん》協会から大宝剣《だいほうけん》を盗《ぬす》み出《だ》した？

少し考えれば、そんなこと不可能だとわかるだろう。

そこに、ほんの一匙《さじ》の真実を混ぜる。

確かに識《しき》が盗《ぬす》んだということを否定することはできよう。

しかしそれを成すためには——なぜ大宝剣《だいほうけん》が識《しき》の手元にあるのかという部分を釈明《しゃくめい》する必要が出てくる。

ラディアータは、嘘《うそ》をつかない。

それは聖剣《せいけん》学園の入学当初に、識《しき》と交《か》わした約束であり、彼女はそれを守ってきた。

たとえ相手が識《しき》でなくとも、ラディアータは貫《つらぬ》くであろう。

しかしそれは、世界への背信。

世界のスターは、誰かのものであってはいけないのだ。
何億と存在する凡才《ぼんさい》たちが彼女に憧《あこが》れ、そして大なり小なりの生きる目標としている。

それは紛《まが》うことなき事実。

ラディアータが識《しき》の才能を見出《みいだ》して育てている、というならまだよかった。
しかし彼女の行為《こうい》はそれとは別種。

本来は万に一つの可能性もない無能者に、圧倒的《あっとうてき》な才能を分《わ》け与《あた》える神のごとき所業。
すべてのファンのものであると謳《うた》いながら、その中からたった１人に絶対的な幸運を授《さず》ける
ある種の依怙《えこ》贔屓《ひいき》。

傍《はた》から見れば、それは世界への裏切りと見られてもおかしくはない。
むしろ比隣《ひりん》のように過剰《かじょう》に反発するほうが自然なことなのだ。

すべての人間が、ピノのように特別な諦観《ていかん》を持つわけはなく。

すべての人間が、心愛《ここあ》のようにラディアータに固執《こしつ》しないわけでもない。

ラディアータの行為《こうい》が世界に公表されたとき。

これまでの圧倒的《あっとうてき》なカリスマゆえに、その爆弾《ばくだん》は大きな破壊《はかい》力を生む。

3年で世界の頂きを獲《と》る、などという夢物語。

それに見合うだけの努力と速度で識《しき》が名を上げ続けている状況《じょうきょう》が、さらに火に油を注ぐだろう。

奇跡《きせき》を起こした人間に対して、それが努力の賜物《たまもの》だと信じる部外者はまずいない。

かつて三校交流会で、識《しき》は後悔《こうかい》した。

競技者としてのラディアータを殺したのは自分だと。

そしてアストロマウントが迫《せま》っているのは、それとは違《ちが》う切り口での罪悪感。

競技者としてのラディアータを殺し。

さらにはすべてのファンの心理的支柱である、スターとしての彼女も殺すことができるのか？


世界中から、彼女の人格すら否定されることに耐《た》えられるのか。

識《しき》がラディアータを心から愛するがゆえに、この交換条件は効果を持つのだ。

「これまでラディアータが積み上げた誇りを、貴殿《きでん》は踏《ふ》み躙《にじ》ることができますかな？」

極《きわ》めて卑怯《ひきょう》で、不公平な選択《せんたく》。

この形に持っていくために、あえて『聖剣協会から大宝剣《だいほうけん》を盗《ぬす》んだ』という情報で世界に発信したのだ。

本来、大人が子どもに強《し》いるべき倫理《りんり》観ではない。

だが識《しき》が頂きを獲《と》るという目標を掲《かか》げた世界は――この世で最も過酷《かこく》な魔洞《まどう》の一つ。

「…………」

識《しき》はぎゅっと拳《こぶし》を握《にぎ》る。

血の気が引くほど力が込《こ》められた指は白くなり、悔《くや》しさに噛《か》む唇《くちびる》からは赤い血が滲《にじ》む。

答えなど、考えるまでもなかった。

識《しき》は静かに、首を垂れる。

「……わかりました。明日の二回戦でオリヴィアに負けます」

誰《だれ》もそれを止めようとはしなかった。

アストロマウントは策略の成果にほくそ笑《え》むと、ゆったりと立ち上がる。

まるで凱旋《がいせん》を気取るかのような足取りでドアを出ていった。

そして残ったオリヴィアが、識《しき》を見下ろした。

「無能」

識《しき》が見上げると、勝《か》ち誇《ほこ》ったように言う。

「所詮《しょせん》、ここが貴方《あなた》の限界ですわ。本来、あるべき者に譲《ゆず》りなさい」

「…………」

アストロマウントの後に出ていく。

残されたメンバーは気まずい沈黙《ちんもく》の中にいた。

心愛《ここあ》が立ち上がると、ずっと黙《だま》っているラディアータへと突《つ》っかかっていく。

「おいラディアータ。おめー、こんな条件を許すつもりか？　自分の保身に走るとか、恥《は》ずかしくねーのかよ」

それに割って入ったのは、フラッグマンである。

「落ち着きたまえよ。ここでラディちゃんがごねても、何もいいことはない」

「はあ⁉　そういう問題かよ！」

「そういう問題だよ」

フラッグマンは、はっきりと断定した。

「客観的に見て、アラヤシキよりもラディちゃんのほうが遥《はる》かに価値がある。怪我《けが》をして競技シーンを退いたとはいえ、世界への影響力《えいきょう》は依然《いぜん》、高いままだ。プレイヤーとしては無理でも指導者として、あるいは競技の専門家としても活用する道がある。悪いけどアマチュアの一学生とは比べるまでもないよ」

「金の卵を生む鶏《にわとり》を優先するってか？　何だかんだ言って、おめーもやっぱ、あのおっさんと同じ穴の狢《むじな》じゃねーか」

「ああ、そうだ。ボクは聖剣《せいけん》協会の人間だからね。お給料をもらっているし、ボーナスも頂《ちょう》戴《だい》している。すべては聖剣演武《せいけんえんぶ》の隆盛《りゅうせい》のために捧《ささ》げているんだ」

シビアな言葉に、心愛《ここあ》はたじろいだ。

フラッグマンはその目をまっすぐ見つめて問いかける。

「何よりアラヤシキが決めたことだ。きみは彼の決断に、一時の感情で水を差すつもりかい？」

「…………」

心愛《ここあ》は舌打ちした。
ピノを引き連れて、それぞれの自室へ引き上げていく。
そしてフラッグマンも、ラディアータを伴《ともな》って出ていく。
その間、師弟《してい》の間に会話はなかった。
それでいい、と識《しき》は思った。
慰《なぐさ》めの言葉は、決意を鈍《にぶ》らせる。
別れのときがきたというなら、潔《いさぎよ》くあるべきだ。
そのことをわかっているからこそ、ラディアータも何も告げなかったのだ。

むしろ、これまでのことが幸運すぎた。

本来は交わることのない天才と無能。
3年で世界の頂きを獲《と》る。
一緒《いっしょ》に世界で戦う。
そんな夢物語。

夢を見られただけでよかった。

しかし夢はいつか覚めるもの。

そのときが、ようやく訪《おとず》れただけのことであった。

⚔⚔⚔

翌日は、朝から曇《くも》っていた。

予報では、午後から晴れるらしい。

識《しき》は目を覚ますと、日課になっているトレーニングを開始した。

本来なら外に出て、そこらをぐるっと一周してくるのだが……と、そこまで考えて苦笑《くしょう》する。

もう必要ないだろうに。

身体《からだ》に染《し》みついた訓練の癖《くせ》は、どうにも抜《ぬ》けてくれなかった。

仕方なく、室内でできる最低限の運動だけ済ませる。

フラッグマンの取ったホテルは、見栄《みば》えはよいが落ち着かなかった。

特にマットレスが合わない。

学園でもそれなりにいい生活はさせてもらっていたが、これは根本的な庶民《しょみん》の家系の問題だろうと思った。

そんなところでも、自分が不相応な夢を追っていたことを実感させられて凹《へこ》んだ。

ラディアータはすでに会場へ行ってしまったらしい。

スマホに入った簡潔なメッセージに、識《しき》は「はい」とだけ返信を打った。

ホテルの朝食で比隣《ひりん》を見かけたが、向こうが無視を決め込んだ。

もしラディアータに見初《みそ》められたのが比隣《ひりん》だったら、こんな面倒《めんどう》な事態でラディアータに苦労を掛《か》ける必要もなかったのだろうか。

ピノは昼まで寝《ね》てるらしい。

昨夜、なかなか寝付《ねつ》けなかったようだ。

スマホの向こうで寝《ね》ぼけた声で「午後からは応援《おうえん》行くからねー」と言っていたが、そもそも負けることが決まっている試合を見に来られるのは気まずい。

そして心愛《ここあ》は……なんかものすごく機嫌《きげん》が悪くて、話しかけるのは躊躇《ためら》われた。

乙女《おとめ》は昨夜には、道場の師範《しはん》である祖父に引っ張られて地元に帰ったと連絡《れんらく》が入っている。

大きなトラブルを察しての行動のようだ。

そちらまで気が回らなかったので、素直《すなお》にありがたいと思った。

さすがに学園生でもないのに、こんな騒動《そうどう》に巻き込むわけにはいかない。

会場に向かう前に、唯我《ゆいが》に電話をかけた。

昨日の話は、すでに王道楽土《おうどうらくど》から聞いていたらしい。

一言だけ「それでいいんスか?」と聞かれた。

識《しき》が肯定《こうてい》すると「そッスか……すんません……」と謝られてしまった。

逆に気を使わせてしまったのが辛《つら》かった。

昼前にフラッグマンがやってきて、識《しき》を人目につかないようにタクシーで会場へ送る。


会場は、先日までと違《ちが》って物々しい雰囲気《ふんいき》が漂《ただよ》っていた。


ひしめくほどの観客で賑《にぎ》わっているのは変わらないが……所々に妙《みょう》な緊張《きんちょう》感を覚えた。

道路の脇《わき》では『宝剣略奪《ほうけんりゃくだつ》の大罪人を許すな!』という横断幕を掲《かか》げる、時代錯誤《さくご》なことをしている連中もいる。

後部座席のスモークガラスからその光景を眺《なが》め、フラッグマンが「人類の9割は無知だ。気にするなというのは無理だろうけどね」とつぶやいた。

それが彼女なりの慰《なぐさ》めの言葉なのだと気づいたのは、会場に入って、タクシーを降りて控《ひかえ》室《しつ》で別れた後だった。独特な感性である。

時間が迫《せま》り、準備に取《と》り掛《か》かった。


本当に、間違《まちが》いなく。

これが人生で最後の聖剣演武《せいけんえんぶ》。

年明けにラディアータが仕立て直してくれた、彼女が着ていたという衣装《いしょう》に袖《そで》を通そうとして……やめた。

ラディアータの衣装《いしょう》に、自分が敗北を刻むことは許せなかった。

普段《ふだん》の着慣れたバトルスーツを着用し、準備を終えた頃《ころ》。

ラディアータが迎《むか》えに来た。

識《しき》が普段《ふだん》の衣装《いしょう》なのに、少しだけ不満そうに眉根《まゆね》を寄せる。

しかし何も言わず、代わりに一言だけ告げる。

「準備はできた？」

「……はい」

普段《ふだん》通りの声音《こわね》であった。

2人は控室《ひかえしつ》を出ると、会話もなく関係者用の通路を行く。

静かに2人分の足音が反響《はんきょう》していた。

やがて遠くからの歓声《かんせい》が聞こえてきて、その足音を掻《か》き消《け》していく。

この感覚に、妙《みよう》な懐《なつ》かしさがあった。
少し考えて、ああと納得《なっとく》する。

ここは7年前、ラディアータと初めて出会った場所だった。

覚えている。
幼い自分は両親を探して、会場の最深を彷徨《さまよ》っている気分であった。
しかしこうして冷静に見ると……こんなに会場に近いところにいたらしい。
その事実が微妙《びみよう》に気恥《きは》ずかしい。
思えば、ここから始まった。
ここで終わるというのも、案外、よくできたものである。
そう考えると……胸につかえていた不条理への怒《いか》りが、すっと消えた。

終わるのだ。

夢は終わり、目を覚ますのだ。

身《み》の丈《たけ》に合った生活に戻《もど》る。
これだけ大事になって、無事に戻《もど》れるかどうか不安もあるが。
この1年半の輝《かがや》かしい思い出があれば、自分の人生は幸福だと言い切れる。
大丈夫《だいじょうぶ》だ。

入場ゲートの向こうでは、観客の大きな歓声《かんせい》が大地を揺《ゆ》らす。
オリヴィアを喝采《かっさい》する声が聞こえる。
どうやら向こうは、すでに場を整えて待っているらしい。
あとは悪役たる自分が登場すれば、すべては正しい世界に戻《もど》るのだ。

ラディアータに何も言わず、入場ゲートを進んだ。
勝つ意思のない競技で、愛する師に向ける言葉があるはずもない。
そして識《しき》が、一歩、会場へと足を踏《ふ》み出《だ》した瞬間《しゅんかん》――。

――しんと静まり返った重苦しい空気が迎《むか》えた。

「……っ！」


先ほどまでオリヴィアへの喝采《かっさい》で包まれていた会場が、水を打ったように静まり返っていた。

その冷たい空気に、少しだけ動揺《どうよう》した。

空気が重い。

観客の視線だけで身体《からだ》がひしゃげ、圧《お》し潰《つぶ》されそうな気がした。


深海を歩くような感覚。

足が思うように動かない。

気が付けばその場に立《た》ち尽《つ》くし、識《しき》は唇《くちびる》を噛《か》んで震《ふる》えた。


夢が終わる。

自分の意思で終わらせるのではない。

こんな不条理に圧《お》し潰《つぶ》されて終わるのだ。

もっとラディアータと、一緒《いっしょ》にいたかった。

大切な約束は、もうすぐそこに迫《せま》っていたのだ。

こんな道半ば。

幸福な人生であるものか。

でも、どうすることもできない。

自分のわがままに、ラディアータを巻き込むわけにはいかない。

彼女を守るためには、自分が諦《あきら》めるしか――。


そのとき、ラディアータの声が聞こえた。

「――勝ってしまえ」


振《ふ》り返《かえ》ろうとすると、後ろから抱《だ》きしめられた。

そして耳元で、はっきりと告げる。

「少年。オリヴィアを倒《たお》すんだ」

「……は？」

識《しき》は耳を疑った。

それは自分が、今、最も聞きたくない言葉であった。

何のために自分は諦《あきら》めるのか。

誰《だれ》の幸福を願っての選択《せんたく》なのか。

この期に及《およ》んでも、その意思を汲《く》み取《と》ってはくれないというのか。

「でも、それだとラディアータが悪者にされる」

「いいよ」

「これまで積み上げてきた誇《ほこ》りが消える」

「いいよ」

「世界中のファンが失望する」

「いいよ」

戦わない理由が、一つずつ剝《は》がし落とされていく。

どんなに取《と》り繕《つくろ》おうとも、消えない未練が顔を出す。

幼い頃《ころ》に火を灯《とも》した激情が、なお胸を熱く焦《こ》がしていた。

「これまでの人生がなかったことになろうとも、これからの人生がどうなろうとも——私はきみが研《と》ぎ続けた牙《きば》が、天を堕《お》とす瞬間《しゅんかん》が見たい」

抱《だ》きしめる腕《うで》に、きゅっと力がこもる。

「きみだけがいればいい」

そう言って彼女は優《やさ》しく微笑《ほほえ》んだ。

「きみは、私が剣星《けんせい》ではなくなったら、もういらない？」

「………………」

思えば、彼女はいつもそうだった。

身勝手で、傲慢《ごうまん》で、他人のことなどお構いなし。

そんな彼女に、世界は熱狂《ねっきょう》した。

それこそが大スターなのだと、識《しき》はその魂《たましい》に刻まれた。

幼い頃《ころ》に願ったのは——それを超《こ》える存在だ。

識《しき》は振《ふ》り返《かえ》った。

「ラディアータ。俺だけを見ていてください」

応える言葉はなかった。

しかし、そのまっすぐなまなざしが語っている。


錆《さ》びかけた足は、すでに問題なく動く。

先ほど感じた重い空気は霧散《むさん》した。

ステージに上がる。

同時に競技開始のブザーが鳴った。

オリヴィアが嘲《あざけ》るように言う。

「最後の別れですか？　なかなかいいパフォーマンスです。腐《くさ》っても剣星《けんせい》を夢見た者、魅せ方をわかって――」

瞬間《しゅんかん》。

オリヴィアは異変を察した。

剣星《けんせい》として培《つちか》った本能であった。

とっさに顕現《けんげん》した聖剣《せいけん》〝魔導機構《ナイツ・オブ・マジック》〟で、防御《ぼうぎょ》の姿勢を取る。

識《しき》との距離《きょり》は、十数メートル。

その間に召喚《しょうかん》した甲冑《かっちゅう》を挟《はさ》み、盾《たて》を挟《はさ》み、自身の剣《けん》を挟《はさ》んだ。

三層の防御壁《ぼうぎょへき》。

識《しき》の聖剣《せいけん》〝無《む》明《みょう》〟が物理防御《ぼうぎょ》を貫通《かんつう》できない以上、それだけで完封《かんぷう》できるはずだった。

が。

その防御《ぼうぎょ》が完成するより速く、自身の結晶《クリスタル》が真っ二つに斬《き》り裂《さ》かれていた。

(嘘《うそ》だ……)

その独り言は、誰《だれ》に聞こえることもない。

油断していたのは否《いな》めない。

しかし剣星《けんせい》。

その動作に、微塵《みじん》も隙《すき》はない。

本気で防御《ぼうぎょ》し、間に合わなかった。

事前に想定していたよりも、はるかに速く、はるかに緻密《ちみつ》で、はるかに伸《の》びる斬撃《ざんげき》。

誰《だれ》がやつを無能と言った？

所詮《しょせん》、大宝剣《だいほうけん》のおかげで勝ち進んできただけではないのか？

無能の牙《きば》が、自分たちに届くというのか？
ふと雲が割れ、日が差した。
雲間から降り注ぐ太陽の光が、識《しき》を柔《やわ》らかく照らしている。
深い藤色《ふじいろ》の刃《やいば》が、その決意に共鳴するかのごとく眩《まばゆ》く輝《かがや》いた。
「ラディアータが望むなら——剣星《おまえ》を超《こ》える！」
パフォーマンスなんかではない。
燃える瞳《ひとみ》に、欠片《かけら》も嘘《うそ》はない。
本気で自分を倒《たお》すのだと、無能と嘲《あざけ》る存在が言ったのだ。
オリヴィアの全身を、怒涛《どとう》の怒《いか》りが駆《か》け巡《めぐ》る。
かっと目を見開き、その憎《にく》しみを込《こ》めて叫《さけ》んだ。

「その不敬——総《すべ》てをもって償《つぐな》え!!」

競技再開のブザーが鳴った。
オリヴィアが動いた。
盾《たて》を持ち、身体《からだ》をひねり上げて識《しき》へと投擲《とうてき》する。
圧倒的《あっとうてき》なスピードと圧力で迫《せま》る盾《たて》を、識《しき》は紙一重で躱《かわ》した。
しかしその身体《からだ》に、盾《たて》から発せられる磁力が絡《から》みつく。
甲冑《かっちゅう》が分裂《ぶんれつ》し、磁力の道を伝って次々に識《しき》へと飛来した。

それぞれが必殺の威力《いりょく》を備えた連撃《れんげき》。
しかし識《しき》には見えている。
それぞれを紙一重で躱《かわ》し、識《しき》は肌《はだ》でオリヴィアの存在感を探す。
波状攻撃《こうげき》の陰《かげ》で、オリヴィアが自ら斬《き》り込みに走っていた。
背後からの奇襲《きしゅう》に、識《しき》は対応する。

聖剣《せいけん》〝無明《むみよう》〟で剣《けん》を受け、そのまま至近距離《きより》での打ち合いになった。

東洋剣術《けんじゆつ》と西洋剣術《けんじゆつ》の違《ちが》い。

それは日本刀と、諸刃《もろは》の西洋剣《けん》の用途《ようと》の違《ちが》いが根底にある。

薄《うす》く鋭利《えいり》な刃《やいば》で相手を斬《き》ることに特化した日本刀。

対して諸刃《もろは》の西洋剣《けん》は耐久性《たいきゆう》に重点を置き、相手を叩《たた》き潰《つぶ》すことに特化している。

ぶつかれば、日本刀が負ける。

ゆえに識《しき》は攻撃《こうげき》を避《よ》け続ける必要があった。

それにオリヴィアは、休む間もない追撃《ついげき》を放つ。

一見、識《しき》が劣勢《れつせい》。

オリヴィアの連続攻撃《こうげき》に、なす術《すべ》もないように見える。

観客の目にもそう映り……それは大きな歓声《かんせい》へと変わっていた。

大宝剣《だいほうけん》を盗《ぬす》みし大罪人に、正義の鉄槌《てつつい》が下されるのだ。

しかし対峙《たいじ》する両者の胸の内は、まったくの逆であった。

（なぜ当たらないっ⁉）

オリヴィアの額に、一筋の冷《ひ》や汗《あせ》が流れる。
己《おのれ》が攻《せ》め続けるほどに、言いようのない焦燥《しょうそう》感が胸に広がっていく。

まぐれではない。
その情熱をたたえる識《しき》の瞳《ひとみ》は、同時にひどく冷静であった。

オリヴィアの剣術《けんじゅつ》——鋭《するど》く、ふさわしい重みがある。

その双肩《そうけん》にのしかかる剣星《けんせい》という肩書《かたがき》。
決して聖剣《せいけん》の才に恵《めぐ》まれただけではないのがよくわかった。

しかし……。

結局のところ、積み上げた経験が違《ちが》うのだ。

聖剣《せいけん》の才に恵《めぐ》まれた人間は、その才によって大方のことに片《かた》が付く。
特に聖剣演武《せいけんえんぶ》——聖剣《せいけん》の能力によって優劣《ゆうれつ》を競《きそ》う戦いである。
聖剣《せいけん》の才に恵《めぐ》まれたがゆえの皮肉。
オリヴィアには剣術《けんじゅつ》戦における実践《じっせん》的な経験値が、圧倒的《あっとうてき》に不足しているのだ。
攻撃《こうげき》が当たらない苛立《いらだ》たしさ。
それは若き剣星《けんせい》の精神を蝕《むしば》んでいく。
「無能！　大人しく叩《たた》き潰《つぶ》されろ！」
感情に振《ふ》り回《まわ》された一撃《いちげき》。
それはあまりに精彩《せいさい》を欠いていた。
——同時に、それこそ識《しき》の待ち望んだ隙《すき》である。

「接近戦なら、瑠々姉《るるねえ》のほうが鋭《するど》い！」

「……っ⁉」

大振《おおぶ》りに振《ふ》り上《あ》げた一撃《いちげき》は、その反動も大きい。

識《しき》はその一撃《いちげき》を躱《かわ》すと、最短距離《さいたんきょり》で結晶《クリスタル》に刃《やいば》を当てた。

再び得点のブザーが鳴った。

一瞬《いっしゅん》の出来事に、観客がぽかんとしている。

それもそのはずだ。

彼らにはオリヴィアの優勢に見えていたのだ。

それが突然《とつぜん》、識《しき》の一撃《いちげき》が決まったのだから理解が追い付かない。

オリヴィアへの歓声《かんせい》は、識《しき》へのブーイングに変わった。

何かズルをしたに違《ちが》いない。

大宝剣《だいほうけん》〝無明《むみょう》〟の力に頼《たよ》って卑怯《ひきょう》なやつだ。

あまりに的外れな罵倒《ばとう》——しかし識《しき》には届いていない。

その視線の先には、ラディアータがいた。

彼女は顎《あご》に指を当て、小難しい顔でうーんと唸《うな》っている。

やがて両手の指を立てて示したのは『7』と『4』。

74点であった。

「…………」

けっこう辛口《からくち》な評価に、識《しき》は苦笑《くしょう》した。

✕✕✕

何度めかの得点のブザーが鳴った。

そのステージ上の攻防《こうぼう》を見つめながら、ラディアータは微笑《ほほえ》んでいる。

「ラディちゃん。きみは本当に馬鹿だなあ」

唐突《とうとつ》な罵倒《ばとう》と共に、コツコツと足音が近づいてくる。

フラッグマンであった。

「いたいけな青少年を焚《た》き付《つ》けて世界の悪者にするなんて、大人の倫理観《りんり》とは思えない。まったく悪女だよ、悪女」

「フフッ。美しい女には闇《やみ》が似合うものさ」

通路からやってくると、並んで競技を見つめた。

「……しかし、これはアラヤシキがすごいと考えればいいのか、オリヴィアがだらしないと見るべきなのか」

聖剣《せいけん》協会の人間としては、あまり歓迎《かんげい》できない状況《じょうきょう》であった。

スコアは12—3。
阿頼耶識《あらやしき》が、オリヴィアを完全に圧倒《あっとう》していた。

「あの子、聖剣《せいけん》〝無明《むみょう》〟を手にして1年と半分だっけ？　ちょっと強すぎじゃない？　選ばれたにしても、どんだけ気が合うのさ」

「剣術《けんじゅつ》の才能はあったし、訓練も小学生の頃《ころ》から休まなかったらしいからね。あの子の実家の玄関《げんかん》すごいよ。剣術《けんじゅつ》大会のトロフィーが、何十個と飾《かざ》ってあるんだ」

フラッグマンは「なるほどなあ」と肩《かた》をすくめる。

「そもそも聖剣《せいけん》〝無明《むみょう》〟は、使用者の腕前《うでまえ》にかなり依存《いぞん》するタイプだからなあ。達人が持てば最強となり、素人《しろうと》が持てば鈍《なまくら》となる聖剣《せいけん》。うーん、これは出会うべくして出会った、と考えるのが妥当《だとう》に思えてきたよ」

ラディアータが聞いた。

「運営本部はどうなってる？」

「そりゃ天地をひっくり返したような大騒《おおさわ》ぎさ。アストロマウントの顔、あれは傑作《けっさく》だったなあ。こっそりスマホで撮《と》ってるんだけど見るかい？」

「あとで送っておいて。……それで聖剣《せいけん》協会の人間であるきみは、どうするの？」

フラッグマンがぐでーっと後ろからのしかかった。

「もう予定が狂《くる》ってうんざりだよ。日本トーナメントが終わってアラヤシキを避難《ひなん》させる別荘《べっそう》とか、パスポートの手配とか、昨日からものすごく頑張《がんば》って準備したんだけどなあ。ラディちゃんはいつもそうだ。少しは申し訳ないと思うなら、ちょっとその胸を貸したまえよ」

ラディアータの胸をわしわし摑《つか》みながら、うーんと唸《うな》った。

「しかし実際、かなり状況《じょうきょう》は悪いね。聖剣《せいけん》〝無明《むみょう》〟が無事に聖剣《せいけん》協会に返還《へんかん》されなければ、アラヤシキは文字通り、世界を敵に回すだろう。若者が世界一のスポーツマンを目指す青春ストーリーから、背徳のノワール逃亡《とうぼう》劇に変更《へんこう》だ。脚本家《きゃくほんか》が見つかるといいけどなあ」

「きみが筆を取るといい。どうせ、もう何か企《たくら》んでいるんだろ？」

フラッグマンがにやっと悪い笑《え》みを浮《う》かべる。

「よかった。その言質《げんち》が欲《ほ》しかったんだ」

「きみも悪い女だね」

「美しい女には闇《やみ》が似合うものさ」

ラディアータの白銀の髪《かみ》を指で梳《す》くと、通路の奥へと戻《もど》っていく。

「すべては聖剣演武《せいけんえんぶ》の隆盛《りゅうせい》のために」

コツコツと革靴《かわぐつ》の鳴る音が消えた。

ラディアータはため息をつくと、再びステージ上へと視線を向ける。


大きなブーイングが、会場を包んでいた。

識《しき》が得点を取るたびに、大地が割れるほどの悪意が叩《たた》きつけられる。

それでもなお、少年の瞳《ひとみ》の輝《かがや》きは消えない。

むしろその炎《ほのお》は、逆風でなお燃《も》え盛《さか》る。


「きみは聖剣士《せいけんし》として、これまで愛されすぎた」

ラディアータは、届くことのない言葉を弟子《でし》へと投げた。

「チート？　いいじゃないか。元から人生は不平等だ。無能が奇跡《きせき》的に最強の力を得て、成りあがっていくなんて最高に蕩《とろ》かされるストーリーだ」

無能と嘲《あざけ》られ、罵《ののし》られ、それでも夢を見続けた。

才あるものが努力するのとはわけが違《ちが》う。

どれだけ追《お》い抜《ぬ》かれようとも、どれだけ踏《ふ》み越《こ》えられようとも、その足はゆっくりと前に進んできたのだ。

「何ら後ろめたく思うことはない。その最強の力は、この世界できみを選んだ」

この会場の誰一人《だれひとり》として知らずとも。

いや、この世界で自分だけが知っていればいいと、ラディアータは思った。

「世界の嫉妬《しっと》や悪意すら、きみだけに贈《おく》られる喝采《かっさい》と知れ」

そして最後に、こう締《し》め括《くく》る。

「きみは今日——本当のスターになる」

×××

飛来する甲冑《かっちゅう》の乱撃《らんげき》を、識《しき》はすべて躱《かわ》した。

オリヴィアの追撃《ついげき》はない。
一転し、識《しき》は攻勢《こうせい》に出るために走りだした。
が——。
「——剣技《けんぎ》『怨霊磔刑《ソウルクリスフィクション》』!!」
オリヴィアが前方に掲《かか》げた聖剣《せいけん》を、ぐるりと半回転する。
識《しき》の足元に散らばった甲冑《かっちゅう》が、磁力によって浮遊《ふゆう》した。
「……っ!?」
すね当て《グリーヴ》が識《しき》の脚《あし》を捉《とら》え、その場に固定する。
その隙《すき》に他の武具が飛来し、識《しき》の身体《からだ》に次々と装着されていった。
やがて兜《バンネット》が頭まですっぽりと覆《おお》ってしまうと、その身体《からだ》を完全に拘束《こうそく》した。
(う、動けない……っ!)
オリヴィアは疾駆《しっく》した。
完全に動きを封《ふう》じた識《しき》の結晶《クリスタル》に、剣《けん》を突《つ》き立《た》てる。
「決ま——……っ!?」
その顔が、驚愕《きょうがく》に歪《ゆが》む。
拘束《こうそく》したはずの右腕《みぎうで》が、なぜかオリヴィアの剣《けん》を受け止めていた。
(なぜ動く!?)

オリヴィアはハッとした。

右腕《みぎうで》を拘束《こうそく》していた腕当《ブレイス》が、磁力を失《な》くし落ちていたのだ。

聖剣《せいけん》〝無明《むみょう》〟。

その能力は『空間圧縮』。

抜刀《ばっとう》した先の空間を食らい、あたかも斬撃《ざんげき》が飛ぶかのような現象を引き起こす。

しかし、聖剣演武《せいけんえんぶ》におけるその真価は──。

(とっさに甲冑《かっちゅう》を操作する磁力を喰らったのか!?)

空間を圧縮する際、そこにある相手の聖剣《せいけん》能力を一緒《いっしょ》に取り込むことができる。

物質を介《かい》さないもの限定ではあったが、この場合は甲冑《かっちゅう》ではなく、それを引き寄せ合う磁力を喰《く》らったのだ。

識《しき》は自由な右腕《みぎうで》で、身体《からだ》の各部を拘束《こうそく》する甲冑《かっちゅう》のつなぎ目を聖剣《せいけん》〝無明《むみょう》〟で撫《な》でる。

同様に磁力を喰《く》われた甲冑《かっちゅう》が、拘束《こうそく》力を失《な》くして地面に落ちた。

「オリヴィア。おまえの剣技《けんぎ》を還《かえ》す!」

「……っ!?」

識《しき》は上段の構えから、オリヴィアに向かって刀を振《ふ》り下ろした。

それは第一覚醒《かくせい》『無限抜刀《インフィニティドロー》』によって加速し、鋭《するど》い遠隔斬撃《えんかくざんげき》を放つ。

オリヴィアはとっさに、自身の剣《けん》でそれを弾《はじ》いた。

「しま——」

と、オリヴィアが自身の失敗を悟《さと》ったときには遅《おそ》かった。

遠隔斬撃《えんかくざんげき》を受けた剣《けん》が、強い磁力を帯びていたのだ。

そして識《しき》の足元に散らばった西洋甲冑《かっちゅう》。

オリヴィアがまとった磁力に引き寄せられ、瞬《また》く間《ま》に彼女自身を拘束《こうそく》した。


第三覚醒《かくせい》『無限支配《インフィニティドミネート》』。

聖剣《せいけん》〝無明《むみょう》〟の空間圧縮によって喰《く》らった相手の聖剣《せいけん》能力を、己《おのれ》のものとして相手に撃《う》ち返す剣技《けんぎ》。

物質を介《かい》さない能力が対象となるが……オリヴィアが甲冑《かっちゅう》ではなく磁力を操《あやつ》る以上、そこだけをピンポイントに狙《ねら》って支配権を奪《うば》ったのだ。


オリヴィアはとっさに、西洋甲冑《かっちゅう》を解除しようとした。

しかしそれよりも識《しき》の抜刀《ばっとう》が速い。

己《おのれ》の剣技《けんぎ》を還《かえ》される形で、結晶《クリスタル》を砕《くだ》かれた。

再び得点のブザーが鳴った。

スコアは35―8。

識《しき》の圧倒的《あっとうてき》なリードで、折り返しへと突入《とつにゅう》する。

会場の空気は、すでに変わりつつあった。

識《しき》へのブーイングに満たされていた観客席に、今度はオリヴィアへの中傷がちらほらと増え始めている。

いつしか『大宝剣《だいほうけん》を使う卑怯者《ひきょうもの》』よりも、剣星《けんせい》を名乗りながらそれに圧倒《あっとう》されることに意識《しき》を向ける者たちだ。


――がっかりだ。

――まさか日本の学生に手も足もでないなんて。

――剣星《けんせい》って大したことないな。

――いや、オリヴィアのレベルが低いだけじゃないか？

――前回の世界グランプリ招集《しょうしゅう》も、鳴り物入りって感じだったからな。

――実力よりも、若い剣星《けんせい》ってのがよかったんだろ。
――あ、そういえば……。
『ラディアータにも、一回戦であっさり負けたしな』
――ぷつん、とオリヴィアの中で何かが切れる音がした。
ぎりっと歯を食いしばり、聖剣《せいけん》〝魔導機構《ナイツ・オブ・マジック》〟を振《ふ》り上《あ》げた。
「――――っ！」
途端《とたん》。
身《み》の丈《たけ》数倍の西洋甲冑《かっちゅう》の巨人《きょじん》が出現し、識《しき》へと襲《おそ》い掛《か》かった。
「……っ⁉」
オリヴィアの奥の手。
強力な磁力で操《あやつ》られる巨人《きょじん》は、圧倒的《あっとうてき》なパワーで相手を叩《たた》き潰《つぶ》す。
しかし緩慢《かんまん》。
本来、この技《わざ》は甲冑《かっちゅう》での連撃《れんげき》が通じない堅牢《けんろう》な相手を制するための剣技《けんぎ》である。
いくらパワーが強くとも、識《しき》にとっては意味がない。
むしろ甲冑《かっちゅう》の奇襲《きしゅう》を警戒《けいかい》しなくてよくなった分、戦いやすくなったほどである。

本来ならば、そのはずであった。

しかしオリヴィア。
その程度のことは弁《わきま》えている。
同時に左手に、あるものを摑《つか》んでいた。

——晄剣《こうけん》〝プリズマス〟。
ガラスのように美しく輝《かがや》く宝剣《ほうけん》。
それを雲の晴れた空にかざすと、太陽光を取り込んで剣身《けんしん》が虹色《にじいろ》に輝《かがや》く。

識《しき》の周囲に、西洋甲冑《かっちゅう》の巨人《きょじん》が何体も出現した。
（これは唯我《ゆいが》を倒《たお》した剣技《けんぎ》！）
二つの聖剣《せいけん》による合わせ技《わざ》。
多少なりとも、識《しき》の動揺《どうよう》を誘《さそ》う目的もあったかもしれない。
しかし神経が研《と》ぎ澄《す》まされた彼は、極《きわ》めて冷静であった。
所詮《しょせん》は、幻影《げんえい》。

いくら数を増そうとも、本体は一つ。
攻撃《こうげき》の気配を肌《はだ》で感じることができる識《しき》にとって、それはあまりに杜撰《ずさん》な戦法。
識《しき》はすかさず本体を探す。
——が。
（おかしい！　すべてから、本物の気配を感じる、、、、！）
ほんのわずか意識を逸《そ》らされた瞬間《しゅんかん》。
複数の巨人《きょじん》の同時攻撃《こうげき》により、識《しき》はステージへと叩《たた》き伏《ふ》せられた！

結晶《クリスタル》が砕《くだ》かれ、オリヴィアの得点のブザーが鳴る。
荒々《あらあら》しく派手な一撃《いちげき》が決まり、観客席が再びオリヴィアへの歓声《かんせい》に塗《ぬ》り替《か》えられる。
対して識《しき》は、消えた巨人《きょじん》の幻影《げんえい》に喰《く》らった一撃《いちげき》を思い返した。

叩《たた》き伏《ふ》せられた衝撃があった。
本体だけではない。
幻影《げんえい》であったはずの複数の巨人《きょじん》の攻撃《こうげき》に、確かに殴《なぐ》られた感覚があったのだ。
（これは一体……？）

識《しき》の視線の先。

オリヴィアが加虐《かぎゃく》の笑《え》みを取《と》り戻《もど》していた。

✕✕✕

観客席。

ピノたち聖三《せいさん》メンバーは、実況《じっきょう》席にほど近い関係者席で戦いを見守っていた。

「あ〜もう！　アラヤっち、何してんの〜っ！」

「ええい鬱陶《うっとう》しい！　おめー、ちょっと静かに見てろ！」

心愛《ここあ》に頭を押さえられ、ピノが「ぐむむ……」と黙《だま》った。


オリヴィアが宝剣《ほうけん》〝プリズマス〟を投入したことで、戦況《せんきょう》は一変した。

識《しき》が優位にあるスピード・処理能力を、幻影《げんえい》の数で覆《くつがえ》された。

スコアは39—28。

あれだけ開いていた点差は劇的に縮まり、もはや圏内《けんない》に捉《とら》えられている。

識《しき》も隙《すき》を狙《ねら》い奮闘《ふんとう》しているが、それも焼け石に水という様子であった。

「てかズルくない⁉　オリヴィア、聖剣《せいけん》を２本も使ってるとか卑怯《ひきょう》じゃん！」

「阿頼耶識《あらやしき》が大宝剣《だいほうけん》で参加している以上、宝剣《ほうけん》を使うことに文句は言えねーだろ。そもそも聖《せい》剣演武《けんえんぶ》の規則に『聖剣《せいけん》２本使っちゃダメ』なんて書いてねーんだ」

聖剣《せいけん》は１人につき、一つ。

その常識を前提に決められた規則である。

抜《ぬ》け道《みち》……というよりも、現在、歴史上あり得ないことが起こっているのだ。

「てか、この場合は２本の聖剣《せいけん》を同時に扱《あつか》えるオリヴィアがおかしいんだろ。普通《ふつう》なら、どっちかに意識を持っていかれて共倒《ともだお》れってのがオチだ。十代で剣星《けんせい》に選出されたセンスは伊達《だて》じゃねーよ」

とはいえ、心愛《ここあ》も不機嫌《ふきげん》そうなのは確かである。

「それよりも、だ。いくら幻影《げんえい》でかさ増ししようとも、阿頼耶識《あらやしき》なら本体を見極《みきわ》められんだろ。ありゃどういうこった？」

返答は期待していなかった。

そもそもあれを見極《みきわ》めるには、判断材料が少なすぎる。

しかし意外にも、その答えはもたらされた。

「あれの能力は、幻影《げんえい》で間違《まちが》いないッス。本当に分身してるわけじゃないさあ」

予想外の声に振《ふ》り返《かえ》った。

入院しているはずの唯我《ゆいが》である。

松葉杖《まつばづえ》を突《つ》きながら、よっこいせ、と座った。

「唯我《ゆいが》っち、病院にいなくていいの!?」

「こんなんテレビで見てられないッスよ」

ヘラヘラ笑って、眼下の競技を見つめる。

「オリヴィアの宝剣《ほうけん》は、極《きわ》めて実物に近い幻影《げんえい》を作り出すんさあ。温度、質量、それによって発生する影《かげ》すら再現する。風を切る気配すら感じるとか、マジで反則ッスよ」

「はあ？　嘘《うそ》だろ？　つまり阿頼耶識《あらやしき》は『なんかマジで殴《なぐ》られたような気がする』って感覚だけで本当にダメージ受けてんのか？」

「まあ、言ってしまえばそういうことッスね。気分が体調に影響《えいきょう》を及《およ》ぼすことなんて、競技シーンに限ったことじゃねえさあ」

そう言って、唯我《ゆいが》は自身の怪我《けが》を見せる。

あれだけボコボコにされたはずの身体《からだ》は、思いのほか痣《あざ》などが少ない。

つまりオリヴィアの幻影《げんえい》にダメージを受けた分は、その錯覚《さっかく》だけで痛みを受けていたということになる。

「世界の法則すら騙《だま》す宝剣《ほうけん》……それが晄剣《こうけん》〝プリズマス〟」

「………………」

先ほどから識《しき》が幻影《げんえい》を一掃《いっそう》するため、遠隔斬撃《えんかくざんげき》を放っている。

しかしオリヴィアの磁力をも喰《く》らい尽《つ》くす聖剣《せいけん》〝無明《むみょう》〟ですら、その幻影《げんえい》を喰《く》らうことはできなかった。

幻影《げんえい》は、あくまで識の視覚に投影されたものである。

そこに見えているものは識《しき》の眼球に存在しているものであり、聖剣《せいけん》〝無明《むみょう》〟が遠隔斬撃《えんかくざんげき》を放つ空間には存在していないのだ。

同じ宝剣《ほうけん》といえど、相性《あいしょう》は最悪。

まさか幻影《げんえい》を無効化するために、自身の眼球を突《つ》くわけにもいくまい。

（絶体絶命ッスね……）

唯我《ゆいが》がクールに判断した。

周囲の観客たちのオリヴィアコールが止《や》まない。

先ほどまで中傷の的にしていたのに、現金なものであった。

「で、スカタンは何もコメントなしッスか？」

その視線の先。

少し離《はな》れたところで、比隣《ひりん》が見ていた。

「ハッ。コメント？　んなもんねえよ」

「まだ大宝剣《だいほうけん》のこと隠《かく》してたの、怒《おこ》ってるんスか？　しょうがねえさあ。識《しき》くんにとって、あれは世界を目指すただ一つの道なんスから。オレくんだって、親父《おやじ》から教わらなきゃ知らなかった……」

「怒《おこ》ってねえっつーの！」

明らかに怒鳴《どな》っているが、それを指摘《してき》する者はいない。優《やさ》しさである。

そんなこと気にすることもなく、比隣《ひりん》は嘲《あざけ》った。

「無能野郎《やろう》が身《み》の丈《たけ》に合わない夢の果てに、ただ真っ当に負けるだけじゃねえか。そもそも宝《ほう》剣《けん》なんかに勝てるわけねえんだよ」

「……本気でそう思ってるんスか？」

唯我《ゆいが》の声音《こわね》が、やや冷たくなる。

そのことを察し、比隣《ひりん》は舌打ちした。

「オレ様だって勝てるかわかんねえもんに、バカヤシキが勝てるわけねえ。あいつは聖剣《せいけん》も宿らない無能なんだぜ」

吐《は》き捨《す》てるように投げた言葉。

それはどちらかといえば、複雑な願望をこぼしたもののような気もした。

ステージ上。
劣勢《れっせい》。
それでも識《しき》は、起死回生の一手を探す。
スコアは40―43。
とうとう逆転を許し、予断を許さぬ状況《じょうきょう》に入る。
しかし光明は見つからない。
オリヴィアに疲労《ひろう》は見られない。
その剣技《けんぎ》の精度は、数を重ねるごとに増していく。
絶体絶命。
このままでは、道は閉ざされる。
ラディアータとの約束は、半ばで潰《つい》える。
自身の剣技《けんぎ》は出し尽《つ》くした。
相手の力は圧倒的《あっとうてき》。
時間は、ただ無為《むい》に過ぎていく。

⚔⚔⚔

観客たちは、誰《だれ》も自身の勝利を望んではいない。

いや、あるいは世界中で、己《おのれ》の勝利を望むものはラディアータ1人だけなのではないだろうか。

そんな錯覚《さっかく》すら感じるほどの状況《じょうきょう》。

なんという孤独《こどく》。

なんという逆境。

いつ叩《たた》き潰《つぶ》されてもおかしくない弱々しい一筋の可能性を手繰《たぐ》り、ここまで喰《く》らいつくのがやっとのこと。


——それでもなお、識《しき》の口元は薄《うす》く笑っていた。


ぞくぞくとした快感が身体《からだ》を駆《か》け抜《ぬ》ける。

絶望的な状況《じょうきょう》を自覚しているにもかかわらず、高揚《こうよう》感は衰《おとろ》えることを知らない。

敵が圧倒的《あっとうてき》であればあるほど、その瞳《ひとみ》は強い炎《ほのお》を灯《とも》す。

あと10点。

天を堕《お》とすまで、あと10点。

ここにたどり着くまで7年かかったのだ。

聖剣《せいけん》が宿らず。
どれだけ憧《あこが》れても、どれだけ足掻《あが》いても前に進めなかった。
それに比べれば、あと10点がどれほど己を奮い立たせる原動力か。

手を伸《の》ばせ。
摑《つか》み取《と》れ。
そのための一手を探せ。
あるはずだ。
なければおかしい。
この7年の努力が嘘《うそ》をつくのなら、こんなところまでたどり着けはしない。
――そして識《しき》の身体《からだ》は、再び巨人《きょじん》によって叩《たた》き潰《つぶ》される。

得点のブザーが鳴る。
スコアは40―47。
いよいよオリヴィアの圏内《けんない》であった。
識《しき》はゆっくり立ち上がる。

ブザーが鳴る前に、定位置に戻《もど》ろうとする。

その途中《とちゅう》、がくりと膝《ひざ》が折れた。

観客の歓声《かんせい》が、一層、大きくなった。

精神はこんなにも燃《も》え盛《さか》っているのに、身体《からだ》が追い付かなくなりつつある。

これまでも50点先取ルールは経験していたが、今回の相手は文字通り桁違《けたちが》い。

その苛烈《かれつ》な攻撃《こうげき》を、研《と》ぎ澄《す》まされた精神力で受けてきたが……さすがに疲労《ひろう》の蓄積《ちくせき》は誤魔化《ごまか》せないところにまできていた。

限界が近い。

身体《からだ》の疲労《ひろう》は、精神を蝕《むしば》む。

最後の糸が――ぷつんと千切れそうになったとき。

「アラヤっち、がんばーっ！」

……と、かすかに自身を応援《おうえん》する声が聞こえた。

ピノである。

こんな大歓声《だいかんせい》の中でも、よく通る声であった。

そういえば応援《おうえん》にくると言っていたな、と何気なく視線を彷徨《さまよ》わせる。
実況席《じっきょう》近くの関係者席に、ピノを始めとする聖三《せいさん》メンバーもいた。
自身も完全に孤独《こどく》ではないのだな、と小さな安堵《あんど》を覚えたのも束の間《つかま》。

彼女らの近く。
この日本トーナメントの参加者たちも、その関係者席に陣取《じんど》っていた。
そこにある顔を見た。
同じ顔の兄弟プロ聖剣士《せいけんし》。
百花繚《ひやっかりょう》と、百花乱《ひやっからん》。
予選を戦った、ピノの兄たち。

——聖剣《せいけん》〝風神《ふうじん》〟。

その力を思い出す。
気流の壁《かべ》で、識《しき》や比隣《ひりん》の攻撃《こうげき》を防いでいた。
攻撃《こうげき》が届かなければ、どんな力も速さも意味はない。

たった一滴《てき》の思考のエッセンス。
いつでも重要な分岐《ぶんき》点は、それが必要であった。
識《しき》の身体《からだ》は、歓喜《かんき》に震《ふる》える。
光明を見つけた。
しかし問題は、それが可能なのか？

そもそもあり得ない話だ。
その上、身体《からだ》の疲労《ひろう》もピークに達している。
パフォーマンスが落ち続けている自覚はあった。

「…………」

入場ゲートを振《ふ》り返《かえ》る。
ラディアータは、競技開始から変わらずそこにいた。
身動き一つせずに、世界の最高峰《さいこうほう》に抗《あらが》う弟子《でし》の雄姿《ゆうし》を見つめ続けている。

その彼女が、ふと何かに気づく。
識《しき》の瞳《ひとみ》が発する言葉を、それだけで察した。

そして少し考え、ぐっと親指を立てる。
いつもの「それいいね！」であった。
識《しき》が考えていることをわかった上でのゴーサインであった。
普段《ふだん》と変わらない師の無茶振《ぶ》りに、識《しき》は苦笑《くしょう》して定位置に戻《もど》る。
背中にラディアータの視線を感じる。
愛する師が見ている。

——大輪の華《はな》が、大きく開く。

競技再開のブザーが鳴る。

オリヴィアは自身の聖剣《せいけん》〝魔導機構《ナイツ・オブ・マジック》〟により、甲冑《かっちゅう》の巨人《きょじん》を出現させる。
同時に晄剣《こうけん》〝プリズマス〟を掲《かか》げた。
すっかり雲のなくなった空から、太陽光が遮《さえぎ》られることなく降り注ぐ。
ガラスの剣身《けんしん》が、虹色《にじいろ》の輝《かがや》きを放つ。

これまでの必殺のパターン。
巨人《きょじん》の幻影《げんえい》が出現し、識《しき》を取り囲む。
そして弱き無能者を叩《たた》き潰《つぶ》す。

……はずであった。

しかしこのターン。
いつまでも巨人《きょじん》の幻影《げんえい》が出現しない。
オリジナルの一体だけが佇《たたず》んでいる。
観客が歓声《かんせい》を上げる。
これから複数の巨人《きょじん》の幻影《げんえい》が出現し、世界の敵たる識《しき》を蹂躙《じゅうりん》するのだ。

その光景を期待する歓声《かんせい》。
しかし十数秒の時間が流れ、様子がおかしいと気付く者が出てきた。
眉根《まゆね》を寄せ、戸惑《とまど》いの声を漏《も》らす。

しかし最も戸惑《とまど》っていたのは、オリヴィア自身であった。

晄剣《こうけん》〝プリズマス〟の幻影《げんえい》。
もう使った、使ったのだ。
すでに剣技《けんぎ》を発動し、予定では最大数の巨人《きょじん》の幻影《げんえい》で叩《たた》き潰《つぶ》しているはずであった。

それなのに、いつまでも幻影《げんえい》が出現しない。

おかしい。
太陽の光は問題ないはずだ。
何か誤作動があったのか。
いくら目覚めたとはいえ、まだ宝剣《ほうけん》の扱《あつか》いについては未知の部分が多い。
解明されていない発動条件があったのか。

あるいは発動の回数に、上限があるタイプの聖剣《せいけん》なのか。
己《おのれ》の聖剣《せいけん》でない以上、その力に関してはオリヴィアも知《し》り尽《つ》くしているとは言い難《がた》い。
（どうする？　このまま続行するか。いや、すでに47点。あと3点なら――）

オリヴィアの判断は早かった。
（この手でとどめを刺《さ》す！）
晄剣《こうけん》〝プリズマス〟をいったん解除し、空いた手に聖剣《せいけん》〝魔導機構《ナイツ・オブ・マジック》〟の盾《たて》を摑《つか》んだ。
そして身体《からだ》をひねり上げると、反動を利用して識《しき》へと投擲《とうてき》した。
磁力の甲冑《かっちゅう》での連撃《れんげき》。
それを囮《おとり》に、自身の剣《けん》でとどめを刺《さ》す。
普段《ふだん》の己《おのれ》の必勝パターンへの変更《へんこう》であった。
識《しき》はすでに疲労困憊《ひろうこんぱい》。
ここでこの苛烈《かれつ》な攻めを躱《かわ》し切る体力は残っていないはず。
その判断は妥当《だとう》だった。
不安要素のある新能力の破棄《はき》。

己《おのれ》の磨《みが》いてきた剣技《けんぎ》への絶対的な信頼《しんらい》。

伊達《だて》に世界の猛者《もさ》と渡《わた》り合《あ》ってきたわけではない。

この判断が、ある意味で幸運であった。

なぜならそのおかげで、このステージ上で起きている奇妙な現象を自覚できたのだ。

(——どういうこと？　あの無能が、一向に近づかない？)

オリヴィアはやけに思考が長引いていることを自覚した。

妙《みょう》にゆったりとした、まるで時間が止まったかのような錯覚《さっかく》。

普段《ふだん》なら、一瞬《いっしゅん》の命のやり取りを競《きそ》う聖剣演武《せいけんえんぶ》である。

こんなことを考える間もなく、相手へと肉薄《にくはく》し、すでに剣技《けんぎ》の応酬《おうしゅう》が行われているはずであった。

なのに、どれだけ走っても、識《しき》へと近づかないのだ。

これが達人にある、戦いの極致《きょくち》だろうか。

光速の戦闘《せんとう》の中にありながら、思考が研《と》ぎ澄《す》まされて肉体を置き去りにしているのだろうか。

——それは否。


思考が研《と》ぎ澄《す》まされているから、識《しき》へたどり着かないのではない。

実際に識へ、い、い、いと近づけないいのだ。


前に走っているはずのオリヴィア。

しかしその場に留まったまま、両脚《りょうあし》はひたすら地面を蹴《け》り続けるだけ。

(これは……っ⁉)

オリヴィアはそこでようやく、自身に降りかかる奇妙《きみょう》な現象を悟《さと》った。

識《しき》へと近づけない。

前方から圧《お》し返されるようなものではなく——どれだけ走っても気が付けば元の場所にいるような不可解。

識《しき》へと投擲《とうてき》したはずの盾《たて》も、激しい回転を繰《く》り返《かえ》しながら宙で停止していた。

「無能！　わたくしに何をした⁉」

つい叫《さけ》んだ言葉に、識《しき》は答えなかった。

すでに抜刀された抜身の刀を、ゆったりと前面に掲《かか》げる。

そしてオリヴィアを真似《まね》るように、それをぐるりと半回転させた。

「──堕《お》ちろ」

その瞬間《しゅんかん》、オリヴィアは頭上から降り注ぐ見えない圧力によって、ステージへと叩《たた》きつけられた。

「……っ⁉」

上から殴《なぐ》られたというより、巨大《きょだい》な何かに圧《の》し掛《か》かられた感覚であった。

抗《あらが》えない圧力に、身動きが取れない。

必死に上げた視界の先──識《しき》は聖剣《せいけん》〝無明《むみょう》〟を上段に構えている。

それは剣技《けんぎ》『無限抜刀《インフィニティドロー》』の火花を散らせ──鋭《するど》い遠隔斬撃《えんかくざんげき》を打ち込んだ。

オリヴィアの結晶《クリスタル》が砕《くだ》ける。

同時に識《しき》の得点のブザーが鳴った。

怒涛《どとう》のブーイングが巻き起《お》こる。

オリヴィアはぎりと歯噛《はが》みしながらも、冷静に思考を進めていた。
(今の剣技《けんぎ》は……?)
間違《まちが》いなく、何かをされた。
おそらく晄剣《こうけん》〝プリズマス〟の不発も、それに関連するもの。
(……次で読み切る!)
競技再開のブザーが鳴った。
オリヴィアは再び、晄剣《こうけん》〝プリズマス〟を掲《かか》げる。

しかし視線は、識《しき》の行動を注視していた。
聖剣《せいけん》〝魔導機構《ナイツ・オブ・マジック》〟の能力を停止させることで、思考に余力を持たせる。

そして見た。
オリヴィアが晄剣《こうけん》〝プリズマス〟を発動させる瞬間《しゅんかん》、まったく同時に識《しき》が抜刀《ばっとう》した。
そして幻影《げんえい》を映し出すための光の道筋が――停止した。

幻影が識へと届かないのだ。
その事実に、オリヴィアが動揺《どうよう》する。

そして何が起こったのか察した。

識《しき》は抜刀《ばっとう》により、空間を圧縮したのではない。
空間を広げたのだ。
オリヴィアとの間にある空間を無限に拡大し続けることにより、光の到達《とうたつ》を阻止《そし》した。
彼女自身や、聖剣《せいけん》〝魔導機構《ナイツ・オブ・マジック》〟の甲冑《かっちゅう》が空中で停止したのも同じ理由である。
（そ、そんなことが……？）
にわかには信じられない現象であった。

しかし相手は、大宝剣。
世界で最も優《すぐ》れた聖剣《せいけん》として、この世に現存し続ける唯一無二《ゆいいつむに》の宝。
オリヴィアが持つ晄剣《こうけん》〝プリズマス〟を始めとする、21本の宝剣《ほうけん》たちの頂点。

なぜ数ある宝剣《ほうけん》の中で、聖剣《せいけん》〝無明《むみょう》〟が第一宝剣と位置付けられるのか。
なぜ世界で最強の剣星《けんせい》に継承《けいしょう》されるのか。

単純な話である。

これが最強の聖剣だからであった。

最強の聖剣士《せいけんし》にのみ所持を許される最強の神器。
光すら触《ふ》れることは叶わない、絶対無敵の防御《ぼうぎょ》を誇《ほこ》る神剣《しんけん》。

オリヴィアの持つ暁剣《こうけん》〝プリズマス〟。
同じ宝剣《ほうけん》として名を連ねつつも、そのポテンシャルは天地の差。
そもそも格が違い過ぎるのだ。

その聖剣《せいけん》〝無明《むみょう》〟。
第五覚醒《かくせい》『無限回廊《インフィニティロード》』。
抜刀《ばっとう》により引き起こされる空間圧縮。

それにより喰《く》らった空間そのものを排出して距離《きょり》を自在に操作する剣技《けんぎ》。

しかし言うより容易《たやす》くはない。

それはつまり、聖剣《せいけん》〝無明《むみょう》〟に空間のストックがなければこれほどの成果は得られないということである。

これまで何度、この聖剣《せいけん》〝無明《むみょう》〟を振《ふ》るってきたか。

これまで何度、この聖剣《せいけん》〝無明《むみょう》〟で壁《かべ》を越《こ》えてきたか。

その答えが、この現状であった。

フラッグマンが聖剣《せいけん》〝無明《むみょう》〟を「使用者の腕前《うでまえ》に依存《いぞん》する」と言ったのは、この特性を指している。

何よりも――。

×××

観客席の心愛《ここあ》が吠《ほ》えた。

「だからおかしいだろーが⁉　阿頼耶識《あらやしき》のやつ、晄剣《こうけん》〝プリズマス〟の光が届くより先に抜刀《ばっとう》しやがったぞ⁉」

つまり、そういうことなのである。

いくら聖剣《せいけん》〝無明《むみょう》〟のほうが格が高くとも、晄剣《こうけん》〝プリズマス〟も宝剣《ほうけん》であるのは間違《まちが》いなかった。

一度、ガラスの剣身《けんしん》を通した光が届けば、その眼球に映し出された幻影《げんえい》から逃《のが》れる術《すべ》はない。

それが届かぬということは、識《しき》の抜刀《ばっとう》がそれより速いという証左に他ならなかった。

唯我《ゆいが》がドン引きを通《とお》り越《こ》して、もはやすべてを諦《あきら》めた様子でぼやく。

「これが天才ラディアータ流の指導ッスかね……」

「真正のアホの間違《まちが》いじゃねーの⁉　マジで脳みそ筋肉じゃねーか！」

割と常識のある2人のリアクションを尻目《しりめ》に。

ピノは超《ちょう》興奮した様子で、スマホに動画とメモを残している。

「ラディ様塾《じゅく》では、光を超《こ》える秘密の訓練方法が伝授されるーっ⁉　ぴゃーっ！　やばいやばいやばい！　こりゃ『世界聖剣士《せいけんし》名鑑《めいかん》（決定版！）』が世界爆《ばく》売れ確定じゃーんっ！　このスペシャルな情報、絶対にアラヤっちから独占《どくせん》権獲得《かくとく》してやるぞオラーっ！」

「誰《だれ》かこのアホも一緒《いっしょ》に止めろ……」

もはや聖剣士《せいけんし》としてやっているときよりも熱量が高い女であった。

そんな会話の横で。

比隣《ひりん》が立ち上がった。

ぎりぎりと歯を食いしばり、出入り口へと歩いていく。

その途中《とちゅう》に脚《あし》を蹴《け》られ、唯我《ゆいが》が痛そうに呻《うめ》いた。

「痛ぇっ！　……最後まで見て行かないんスか？」

「もう決まっただろ」

吐《は》き捨《す》てるように言うと、振《ふ》り返《かえ》らずに行ってしまった。

唯我《ゆいが》がため息をつく。

「ま、あんなの見せられちゃ立《た》つ瀬《せ》ないッスよねぇ」

×××

ステージ上。

剣技《けんぎ》『無限回廊《インフィニティロード》』により、一転、立場が逆転した。

完全に優勢だったはずのオリヴィアは、追われる側へと変わる。

洗練された動作は、焦《あせ》りによって少しずつ綻《ほころ》びを見せ始める。

瞬《また》く間《ま》に、点差は近づいた。

しかし識《しき》にとっても、まったく気が抜《ぬ》けない状況《じょうきょう》であるのは間違《まちが》いなかった。
光速を超《こ》える、神速の抜刀《ばっとう》。
この終盤《しゅうばん》の極限状態で、必ずしも成功するわけではない。

スコアは48—49。
オリヴィアが立て続けに意地の2点を獲得《かくとく》し、勝利へ王手をかける。

——あと1点。

しかし、それを自覚したことで隙《すき》が生まれる。
一瞬《いっしゅん》、晄剣《こうけん》〝プリズマス〟の発動が遅《おく》れた。
識《しき》は再び剣技《けんぎ》『無限回廊《インフィニティロード》』により、オリヴィアの頭上の空間を拡大。
オリヴィアをステージに叩《たた》きつけ、その結晶《クリスタル》を砕《くだ》いた。

スコアは49—49。
同じく識《しき》も王手。

歓声《かんせい》とブーイングが入り乱れる会場。

その圧力だけで圧《お》し潰《つぶ》されそうになる中、２人は荒《あら》い呼吸を繰《く》り返《かえ》す。

タイマーがゆっくりと進む。

そして最後の競技再開のブザーが鳴《な》り響《ひび》いた。

「無能！　これで終わりだ！」

オリヴィア。

晄剣《こうけん》〝プリズマス〟を掲《かか》げる。

幻影《げんえい》を発動するために、太陽光を取り込んで虹色《にじいろ》に輝《かがや》く。

対して識《しき》。

その光を超《こ》える、渾身《こんしん》の抜刀《ばっとう》を放つ。

——が。

識《しき》は異変に気付いた。

抜刀《ばっとう》ができない。

なぜか聖剣《せいけん》〝無明《むみょう》〟の刀身が、鞘《さや》から抜《ぬ》けないのだ。

視線を送って気づいた。


オリヴィアの聖剣《せいけん》〝魔導機構《ナイツ・オブ・マジック》〟の磁力が絡《から》みつき、刀身と鞘《さや》を固く結びつけていたのだ。


「……っ⁉」

渾身《こんしん》の力で、磁力を引き千切る。

そして剣技《けんぎ》『無限回廊《インフィニティロード》』を放つために抜刀《ばっとう》を繰《く》り出《だ》した。


しかし遅《おそ》かった。


光速の駆《か》け引《ひ》き。

その一瞬《いっしゅん》の遅《おく》れが命取りであった。


晄剣《こうけん》〝プリズマス〟の光が到達《とうたつ》し、識《しき》の眼球に幻影《げんえい》を刻み込む。

識《しき》の周囲に、十体もの甲冑《かっちゅう》の巨人《きょじん》が出現した。

――絶体絶命。

会場中が、識《しき》の敗北を幻視《げんし》した。

しかし1人だけ。

ラディアータは耳のイヤリングを外すと、それを口に咥《くわ》えて識《しき》を指さす。

「――〝Let's your Lux〟」

同時に聖剣《せいけん》〝無明《むみょう》〟の刀身が、剣技《けんぎ》『無限抜刀《インフィニティドロー》』の火花を散らす。

抜身《ぬきみ》の状態からの、最高速度の抜刀《ばっとう》。

それが一瞬《いっしゅん》、識《しき》の姿を陽炎《かげろう》のように揺《ゆ》らめかせた。

そして周囲の巨人《きょじん》が、すべて崩れ落ちた。

「……っ!?」

オリヴィアが目を見開く。

どういうことだ。

鉄壁《てっぺき》の硬度《こうど》を誇《ほこ》る甲冑《かっちゅう》の巨人《きょじん》を、すべて斬《き》り捨《す》てる？
識《しき》の攻撃《こうげき》力では不可能。
ならば何をしたのか。

甲冑の継ぎ目である。
それぞれを結んでいた磁力に刀身を入れ、それを聖剣《せいけん》〝無明《むみょう》〟で喰《く》らったのだ。

磁力を失った甲冑《かっちゅう》が、バラバラと落ちる。
同時に聖剣《せいけん》〝無明《むみょう》〟も、識《しき》の右腕《みぎうで》から落ちた。
幻影《げんえい》を含《ふく》むすべての甲冑《かっちゅう》の磁力を、残らず一瞬《いっしゅん》で叩《たた》き斬《き》ったのだ。
右腕《みぎうで》が限界を超《こ》え、ついに動かなくなった。

——両者は同時に走った。

左腕《ひだりうで》に拾い上げた聖剣《せいけん》〝無明《むみょう》〟。
磁力の甲冑《かっちゅう》を失った聖剣《せいけん》〝魔導機構《ナイツ・オブ・マジック》〟。

それが中央で激突《げきとつ》する――かに見えた。

無理である。
聖剣《せいけん》能力の介在《かいざい》しない、各々《おのおの》の剣術《けんじゅつ》だけの勝負。

識《しき》に負ける道理はなかった。

上段から叩《たた》き潰《つぶ》しにくるオリヴィアの西洋剣術《けんじゅつ》。
その返し技《わざ》として機能するのは、中段から胴体《どうたい》を打《う》ち抜《ぬ》く鋭《するど》い抜《ぬ》き胴《どう》。
識《しき》の最も得意とする型。
極《きわ》めて基本的な型。
しかし極限まで洗練された型。

――オリヴィアの結晶《クリスタル》が叩《たた》き砕《くだ》かれ、競技終了《しゅうりょう》のブザーが鳴《な》り響《ひび》いた。

エピローグ　約束の刻

―Hey boy, will you be my apprentice?―


競技終了《しゅうりょう》のブザーが鳴《な》り響《ひび》いた。

スコアが更新《こうしん》される。

【阿頼耶識《あらやしき》：50　―　オリヴィア・チェルシー：49】

天が堕《お》ちた。

その事実の証人たちは、唖然《あぜん》と巨大《きょだい》モニターを注視する。


そんな中。

ステージ上の阿頼耶識《あらやしき》に、猛烈《もうれつ》な速度で飛びつく影《かげ》があった。

「少年！　最高に蕩《とろ》かされたよ!!」

「ぐはあ……っ！」

ラディアータの世界最強のハグを喰《く》らい、疲労困憊《ひろうこんぱい》の識《しき》は意識が飛びそうになる。

そんなことお構いなしで、全身で喜びを表現するラディアータ。

頬《ほお》をすりすりこすりつけながら、ぎゅううっと両腕《りょううで》に力を込《こ》める。

「こんなに楽しい聖剣演武《せいけんえんぶ》は初めてだよ！　きみはいつも私の期待の上を行く！　さすがは私の弟子《でし》だ！　聖剣《せいけん》〝無明《むみょう》〟も、もうきみだけしか愛せないだろうね！」

「ラディアータ……腕《うで》、腕《うで》がやばいです……っ！」

ラディアータは「おっと」と離《はな》れる。

そして識《しき》を優《やさ》しく抱《かか》えた。

お姫様《ひめ》抱《だ》っこである。

ネットにより、絶賛、世界へ発信中であった。

「さあ、疲《つか》れたしホテルに帰ろうか。今夜はみんなでパーティだ。世界大会に出場する比隣《ひりん》くんと飛鳥《あすか》さんの壮行会《そうこう》も兼《か》ねて、盛大《せいだい》にやろう！」

「あの、この格好はちょっと……」

ラディアータはフフッと悪女の笑《え》みを浮《う》かべた。

そしてステッキを器用に突《つ》きながら、識《しき》の顎《あご》をくいっと持ち上げる。

「いいじゃないか。何人《なんびと》も傷つけることができない師弟《してい》の絆《きずな》を、世界に見せつけてやればいい」

「顔が近いです……」

もはやCMとかで盛大《せいだい》にイチャついているところを知られながら、未《いま》だにこの手のアプローチには弱い男である。

そんな2人の会話に、オリヴィアの声が割り込んだ。

「ラディ姉様……」

「…………」

識《しき》に敗北し、その場にへたり込んでいる。

ラディアータは少しの間、その姿を見つめた。

しかし何も言わず、識《しき》を抱《かか》えて踵《きびす》を返《かえ》す。

その背中に、オリヴィアが縋《すが》るように叫《さけ》んだ。

「なんでわたくしには、何も言ってくれないのですか⁉」

「…………」

それでもラディアータは振《ふ》り返《かえ》らない。

オリヴィアはぐっと瞳《ひとみ》に涙《なみだ》をためて、必死に喚《わめ》く。

「そんなに……そんなにその無能のほうがよいのですか！　あのとき、、、わたくしが何もできなかったからですか⁉　弱いわたくしが、そんなにお嫌《きら》いなのですか！」

「……っ！」

識《しき》が慌《あわ》てて動いた。

バランスを崩《くず》し、ラディアータの腕《うで》から落ちる。

左手でオリヴィアの襟《えり》を摑《つか》むと、至近距離《きょり》で怒鳴《どな》った。

「それは認められてるってことだろ！」

「っ！」

オリヴィアの顔が歪《ゆが》んだ。

その大きな瞳《ひとみ》から、ぼろぼろと涙《なみだ》がこぼれる。

「でも、わたくしは……」

そして失意のまま紡《つむ》がれたのは、識《しき》の期待とは真逆の言葉。

「それでもわたくしは、ずっとラディ姉様と一緒《いっしょ》がよかった……」

「……っ」

識《しき》には何も言えなかった。

そして自分の浅はかな励《はげ》ましの言葉を悔《く》いた。

先日の、比隣《ひりん》との会話と同じである。

持つ者の言葉など、持たざる者にとっては何の価値もない。

……そのことを、自分は身に染《し》みて知っているはずなのに。

「少年。それ以上はやめるんだ。格が下がる」

ラディアータが、冷たく言った。

再び識《しき》の手を取ると、その身体《からだ》を支えるように引き上げる。

そして背中を向け——一言だけ告げた。

「オリヴィア。剣星《けんせい》なら、勝利で語れ」

「……っ！」

ぎゅっと拳《こぶし》を握《にぎ》る。

そして小さくうなずいた。


2人は歩き出した。

しかし途中《とちゅう》で、その足を止める。


会場中から注がれる冷たい視線であった。

今回の聖剣演武《せいけんえんぶ》……勝ったらおしまい、ではない。

暴動でも起こりそうな雰囲気《ふんいき》が漂っている。

「ラディアータ……」

「…………」

と、そのときである。

識《しき》の前に、眩《まばゆ》い輝《かがや》きが生まれた。

――暁剣《こうけん》〝プリズマス〟。

柄《つか》から鞘《さや》に至るまで虹色《にじいろ》の輝《かがや》きを秘めた、ガラス細工のように美しい宝剣《ほうけん》。
それが識《しき》の前に、忽然《こつぜん》と姿を現したのだ。
オリヴィアが所持する宝剣《ほうけん》。
なぜ自分の前に、と識《しき》が眉根《まゆね》を寄せる。
しかしラディアータは、顎《あご》に指をあてて唸《うな》っていた。
「……なるほど。そうなったか」
「え？」
訳知り顔に、聞き返そうとした。
すると実況《じっきょう》のマイクを通して、聞き覚えのある声が会場に響《ひび》いた。
『宝剣《ほうけん》は、ある特性を持ちます。――より強い者を好み、その者に帰属するのです』
目を向けると、思った通りレディ・フラッグマンであった。

普段《ふだん》とは違《ちが》い、ビジネスモードのクールな雰囲気《ふんいき》である。

……なぜかその足元にアストロマウントが簀巻《すま》きにされて転がっているが、今はそれどころではなかった。

「帰属とは、どういう意味ですか？」

『その晄剣《こうけん》〝プリズマス〟に触《ふ》れて御覧《ごらん》なさい』

識《しき》は指先で触《ふ》れる。

すると晄剣《こうけん》〝プリズマス〟が光の粒子《りゅうし》になって消えた。

『これできみは、大宝剣《だいほうけん》〝無明《むみょう》〟だけでなく、晄剣《こうけん》〝プリズマス〟の所有者となりました』

「……っ⁉」

識《しき》が目を見開いた。

同時に観客たちが、怒《いか》りに声を上げる。

その耳が割れるほどのブーイングの嵐《あらし》を、フラッグマンの声が制する。

『――静粛《せいしゅく》に。聖剣《せいけん》協会の意思をお伝えします』

静かな圧力に、観客たちは黙《だま》った。

フラッグマンは足元のアストロマウントを踏《ふ》みながら、落ち着いた声音《こわね》で告げる。

『今回のオリヴィア・チェルシーの敗北で、我々も本気にならざるを得ない、という結論に至りました。これは聖剣《せいけん》協会・会長のお言葉です』

そして識《しき》を見下ろすと、はっきりと告げる。

『現【剣星二十一輝《オールブライト》】の総力を以《もっ》て、きみの持つ大宝剣《だいほうけん》を奪還《だっかん》します』


その言葉に、今度は観客から怒涛《どとう》の歓声《かんせい》が上がった。

意味がわからないはずはない。

この世界で最強を誇《ほこ》る剣星《けんせい》たちが……普段《ふだん》は決して慣れ合わぬスターたちが、一つの目的をもって一堂に会するということであった。

『そのすべてを打《う》ち倒《たお》し、彼らの守護する宝剣《ほうけん》すべてを手中に収めたときは——きみに世界グランプリ参加の資格ありと判断しましょう』

その条件を提示すると、フラッグマンはこう締《し》めくくる。

『それではアラヤシキ。——世界四大大会でお会いしましょう』


その言葉。

識《しき》の胸に、大きな感情の波が押し寄せる。

今、何と言った？

聖剣《せいけん》協会の代弁者たるフラッグマンは、自身に何と言ったのだ？


——その意味を、今更《いまさら》、問うことはなかった。


ラディアータがぎゅっと手を握《にぎ》る。

「これで私たちは、世界への反逆者だ」

「はい」

言葉と裏腹に、声音《こわね》はこれ以上ないほどに楽しげだった。

かつて憧《あこが》れたのは、世界の賞賛のただ中にある大スターだった。

しかし大いなる目的のために、その道は閉ざされた。

最初に憧《あこが》れた姿とは違《ちが》うだろう。

しかし、道は途《と》切《ぎ》れずに残っている。

目的地が同じであるなら、それでいいと識《しき》は思った。


ラディアータと見つめ合う。

「少年。約束の刻だ」

「……はい！」

——一緒《いっしょ》に世界で戦おう。

師弟《してい》の世界への反逆が、狼煙《のろし》を上げる。

あとがき

大丈夫《だいじょうぶ》です。皆様《みなさま》の言いたいことはわかります。

当然、七菜《ななな》も同じ気持ちです。ここまで読んでくださった皆様《みなさま》とは、もはや一心同体と言っていいでしょう。皆様《みなさま》の考えることは、七菜の考えること。七菜の考えることは、皆様《みなさま》の考えることだと信じております。

そう。さぞ百花《ひゃっか》お兄ちゃんたちの挿絵《さしえ》がないことに憤《いきどお》りをぶつけ……え、違《ちが》う？

そうですか。違《ちが》いますか……。


七菜です。

今巻もありがとうございました。


さて皆様《みなさま》、今巻こそは乙女《おとめ》の挿絵《さしえ》があると期待したでしょう？

ないんですよ。

七菜としても彼女の晴れ姿をご覧いただきたい。その心に嘘《うそ》はないです。本当ですよ。七菜は非常に正直で素直《すなお》な人間として有名ですからね。主に親族とかの間で。

乙女《おとめ》の挿絵《さしえ》がない理由はただ一つ。

推理サスペンスゲームの打診《だしん》がなかったから、の一言に尽《つ》きるでしょう。

おかしいですね。七菜の計算では、そろそろゲームが世界的に大ヒットして版権収入で億万長者。来春頃《ごろ》にはハリウッド映画になっているはずだったのですが……。


さて国内大会編はこれにて終了《しゅうりょう》ということで、次巻は未定となります。海外大会編も描《えが》きたいところですが、数字が心許《こころもと》ない状況《じょうきょう》です。機会を頂ければ書きたいなとは思っていますので、識《しき》とラディアータを愛してやまないはずの皆様《みなさま》、気長にお待ちください。

実は王道唯我《おうどうゆいが》くんは女の子だったという設定は、果たしてどこで披露《ひろう》されるのか！　皆様《みなさま》ドキドキで夜も眠《ねむ》れませんね！　――嘘《うそ》ですよ。嘘《うそ》です。信じないでくださいね。

★☆　スペシャルサンクス　★☆
イラスト担当のさいね先生、担当編集K様・M様、制作関係者の皆様《みなさま》、販売《はんばい》に携《たずさ》わってくださる皆様《みなさま》、今巻もありがとうございました。もし次巻がありましたら、また何卒《なにとぞ》よろしくお願い申し上げます。

そして読者の皆様《みなさま》、またお目にかかれる日を祈《いの》っております。

２０２３年　12月　七菜なな

◉七菜なな著作リスト

「男女の友情は成立する？（いや、しないっ!!）
Flag 1. じゃあ、30になっても独身だったらアタシにしときなよ？」（電撃文庫）
「男女の友情は成立する？（いや、しないっ!!）
Flag 2. じゃあ、ほんとにアタシと付き合っちゃう？」（同）
「男女の友情は成立する？（いや、しないっ!!）
Flag 3. じゃあ、ずっとアタシだけ見てくれる？」（同）

「男女の友情は成立する？（いや、しないっ!!）
Flag 4. でも、わたしたち親友だよね？〈上〉」（同）

「男女の友情は成立する？（いや、しないっ!!）
Flag 4. でも、わたしたち親友だよね？〈下〉」（同）

「男女の友情は成立する？（いや、しないっ!!）
Flag 5. じゃあ、まだ30になってないけどアタシにしとこ？」（同）

「男女の友情は成立する？（いや、しないっ!!）
Flag 6. じゃあ、今のままのアタシじゃダメなの？」（同）

「男女の友情は成立する？（いや、しないっ!!）
Flag 7. でも、恋人なんだからアタシのことが1番だよね？」（同）

「少年、私の弟子になってよ。
～最弱無能な俺、聖剣学園で最強を目指す～」（同）

「少年、私の弟子になってよ。2
～最弱無能な俺、聖剣学園で最強を目指す～」（同）

「少年、私の弟子になってよ。3
～最弱無能な俺、聖剣学園で最強を目指す～」（同）

「四畳半開拓日記01～04」（単行本　電撃の新文芸）

本書に対するご意見、ご感想をお寄せください。

ファンレターあて先
〒102-8177　東京都千代田区富士見2-13-3
電撃文庫編集部
「七菜なな先生」係
「さいね先生」係

本書は書き下ろしです。

電撃文庫

少年《しょうねん》、私《わたし》の弟子《でし》になってよ。3
～最弱無能《さいじゃくむのう》な俺《おれ》、聖剣学園《せいけんがくえん》で最強《さいきょう》を目指《めざ》す～

七菜《なな》なな

◇◇◇

2024年1月10日　初版発行

発行者　山下直久
発行　株式会社KADOKAWA
〒102-8177　東京都千代田区富士見2-13-3
0570-002-301（ナビダイヤル）
装丁者　荻窪裕司（META＋MANIERA）
印刷　株式会社暁印刷
製本　株式会社暁印刷

ISBN978-4-04-915067-4　C0193　Printed in Japan

電撃文庫　https://dengekibunko.jp/

電撃文庫DIGEST　1月の新刊　発売日2024年1月10日

86―エイティシックス―Ep.13
―ディア・ハンター―

著／安里アサト　イラスト／しらび
メカニックデザイン／I-IV

共和国避難民たちは武装蜂起を決行し、一方的に独立を宣言。鎮圧に駆り出されたのはシンたち機動打撃群で……一方ユートはチトリを連れ、共和国へ向かう。そして、ダスティンは過去と現在の狭間で苦悩していた。

新作 私の初恋は恥ずかしすぎて誰にも言えない

著／伏見つかさ　イラスト／かんざきひろ

女子にモテモテのクール少女・楓は恋をしたことがない。そんな楓はある日、息を呑むほど可愛い女の子と出逢う。人生初のときめきに動揺したのも束の間、麗しの姫の正体はアホで愚かな双子の兄・千秋だったぁ!?

新作 ほうかごがかり

著／甲田学人　イラスト／potg

よる十二時のチャイムが鳴ると、ぼくらは「ほうかご」にとらわれる。そこには正解もゴールもクリアもなくて。ただ、ぼくたちの死体が積み上げられている。恐怖と絶望が支配する"真夜中のメルヘン"解禁。

魔王学院の不適合者14〈下〉
～史上最強の魔王の始祖、転生して子孫たちの学校へ通う～

著／秋　イラスト／しずまよしのり

魔弾世界で大暴れするアノス。それを陽動に魔弾世界の深部へ潜入したミーシャとサーシャの前に、創造神エレネシアが姿を現す――第十四章《魔弾世界》編、完結!!

いつもは真面目な委員長だけどキミの彼女になれるかな?2

著／コイル　イラスト／Nardack

映像編集の腕を買われ、陽都は後輩（売れない）アイドルの「ＪＫコンテスト」を手伝うことに。けど吉野さんも一緒なら、初のお泊まり――合宿も行ける!?　だがＪＫコンには、陽都の苦い過去を知る人物もいて……。

不可逆怪異をあなたと2
床辻奇譚

著／古宮九時　イラスト／二色こぺ

異郷の少女・一妃。土地神となった少年・蒼汰。二人は異界からの浸食現象【白線】に対処しながら、床辻の防衛にあたっていた。そんな中、蒼汰の転校が決定。新しい学校では、土地神の先輩・墨染雨が待っており――。

勇者症候群3

著／彩月レイ　イラスト／りいちゅ

精神だけが《勇者》の精神世界に取り込まれてしまったカグヤ。心を無くした少女を護り、アズマたちは《勇者》の真相に立ち向かう――！

ツンデレ魔女を殺せ、と女神は言った。2

著／ミサキナギ　イラスト／米白粕

ツンデレ聖女・ステラの杖に転生した俺。二年生へ進級したステラは年に一度の『聖法競技会』に臨むことに！　優勝候補・クインザに対抗するため、俺（杖）は水の聖法を操るクーデレ美少女・アンリの勧誘に乗り出す！

少年、私の弟子になってよ。3
～最弱無能な俺、聖剣学園で最強を目指す～

著／七菜なな　イラスト／さいね

ラディアータとの約束を果たすため、頂へ駆け上がる識。ついに日本トーナメントへ出場！　しかし、聖剣"無明"の真実が白日の下に晒されてしまい!?　聖剣剥奪の危機を前に、師弟が選んだ道は――。

新作 放課後、ファミレスで、クラスのあの子と。

著／左リュウ　イラスト／magako

なんとなく家に居づらくて。逃げ込むように通い始めたファミレスで、同じ境遇の同級生・加瀬宮小白と出逢った。クラスメイトは知らない彼女の素顔が、彼女と過ごす時間が、俺の退屈な日常を少しずつ変えていく――。

新作 彼女を奪ったイケメン美少女がなぜか俺まで狙ってくる

著／福田週人　イラスト／さなだケイスイ

平凡な俺の初カノは"女子"に奪われました。憎き恋敵はボーイッシュな美少女・水嶋静乃。だけど……「本当の狙いはキミなんだ。私と付き合ってよ」ってどういうこと!?　俺は絶対に落とされないからな！

新作 セピア×セパレート
復活停止

著／夏海公司　イラスト／れおえん

3Dバイオプリンターの進化で、生命を再生できるようになった近未来。あるエンジニアが〈復元〉から目覚めると、全人類の記憶のバックアップをロックする前代未聞の大規模テロの主犯として指名手配されていた――。

新作 【恋バナ】これはトモダチの話なんだけど　～すぐ真っ赤になる幼馴染の大好きアピールが止まらない～

著／戸塚 陸　イラスト／白蜜柑

悩める高二男子・瀬高蒼汰は、幼馴染で片思い相手・藤白乃愛から恋愛相談を受けていた。「友達から聞かれたんだけど……蒼汰ってどんな子がタイプなの？」まさかそれって……